名师推荐
文学读本
古诗文

绕不过的旧时光

谢雨眠 主编

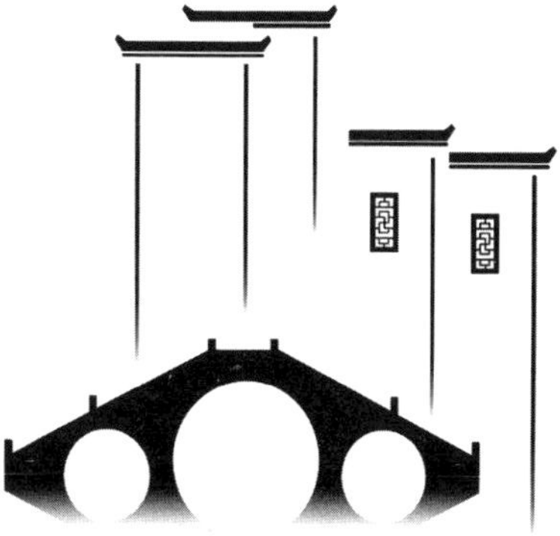

济南出版社

图书在版编目（CIP）数据

绕不过的旧时光 / 谢雨眠编著. —济南：济南出版社，2015. 11（2023.5重印）
ISBN 978 - 7 - 5488 - 1918 - 9

Ⅰ. ①绕… Ⅱ. ①谢… Ⅲ. ①古典诗歌—诗歌欣赏—中国②古典散文—文学欣赏—中国 Ⅳ. ①I206. 2

中国版本图书馆 CIP 数据核字(2015)第 283399 号

绕不过的旧时光

出版发行 济南出版社
地　　址 济南市二环南路 1 号(250002)
责任编辑 张雪丽
装帧设计 焦萍萍
编辑热线 0531 - 86131713
发行热线 0531 - 86116641 86131730
印　　刷 肥城新华印刷有限公司
版　　次 2015 年 11 月第 1 版
印　　次 2023 年 5 月第 2 次印刷
开　　本 880 mm × 1230 mm 1/32
印　　张 8
字　　数 186 千字
定　　价 39. 00 元
(济南版图书,如有印装质量问题,可随时调换。电话:0531 - 86131716)

序 言

“书卷多情似故人，晨昏忧乐每相亲。”

在人生最好的年龄，有最美的书籍相伴，是每位青少年读者的渴望，也是每一位语文老师的愿望。

一篇优美的文章，一部优秀的文学作品，其魅力赶得上无数的语文课堂，这是许多读者的共识。在许多人关于中学时代语文课堂的记忆里，老师讲了什么，可能并没有留下多少印象，但在老师们引领下阅读的优秀文学作品，却记忆深刻。多少年以后，这些优美的文字，这些经典的书籍，就像一粒粒种子，在他们心底生根，并长成参天大树……

基于这样美好的愿望，我们编辑了这套丛书，愿她能为青少年朋友的阅读天空添一抹明霞，能使朋友们的阅读生活变得更加丰富多彩……

丛书选取的文章，是一批工作在教学一线，并在语文教学与阅读推广方面有着丰富经验的老师，从古今中外成千上万篇经典作品中精心筛选的。一篇篇选文，一篇篇阅读导语，一条条注释，都体现了我们美好的愿望。

丛书体现了以下特点：

一、精心选编古今中外最具代表性和典范性的名家名篇。

丛书从青少年的语文学习出发，选取与语文学习最贴近的名家名篇，选取最好最美的名家名篇，以及最贴近青少年心理诉求的名家名篇，进行阅读推介。

我们希望能打破时空的界限，让学生与古今中外的名家对话，进行心灵的沟通，因而在选文时遵循“不薄今人爱古人”的原则，既有古代文学史上的经典，也有当代的名家名篇，做到了历史与现实熔为一炉，经典性与时代感并重。

在编排顺序上，我们尊重文学史的发展规律和青少年的阅读习惯，遵循先古后今、先中国后外国的顺序。另外，基于现代阅读的习惯，我们对部分文章的个别字词进行了规范。

二、每篇文章采用“作品导读”+“名家点评”的推介方式。

所选文章由名师进行深入浅出的导读，以此引领读者的阅读兴趣、阅读口味及阅读感知能力。在每篇文章的后面，精选了名家对该作者创作风格的评价或对该作品的赏析，这样能贴合读者的实际需求，并以此来引导读者去欣赏文学美，我们希望这能对语文学习及写作起到积极的促进作用。

三、在体裁方面，诗歌、散文、小说等异彩纷呈。

丛书包含古诗文、现代诗、散文、小说、书信、演讲词等目前青少年接触到的多种文体，并兼顾作文时应用到的各种体裁，希望以此开阔读者的阅读视野，丰富写作技法，对他们的写作产生有益的影响，发挥出语文学习中读写一体的功用。

以上是我们的一种认识、期盼和追求，并努力尽我们所能去做，如果能对青少年朋友有所帮助，是对我们付出的最大的安慰，同时也期待青少年朋友和方家的指教。

目录

燕燕

《诗经》

作品导读

此诗被清代诗人王士祯推举为“万古送别之祖”（《带经堂诗话》），皆因其始开借上下翻飞之燕燕抒离情别意先河，再加饱蘸深情的文字历来为人们所推崇，被称为“祖”当无可厚非。虽如此，每每再读，还是有所疑问：何人送别何人也?《毛诗序》曰：“《燕燕》，卫庄姜送归妾也。”郑笺进而认为“归妾”就是陈女戴妫。《列女传·母仪篇》则认为这是卫定姜之子死后，定姜送其子妇归国的诗。魏源《诗古微》调和上述两种说法，以为这是卫庄姜于卫桓公死后送桓公之妇大归于薛的诗。其中，《毛序》“卫庄姜送归妾”说，影响至今。无论哪种说法，感人至深处仍是一“情”字——将心比心，将情易情。即使跨越时空，亦可感受离情别绪之温。

关于作者

《诗经》，相传为尹吉甫采集、孔子编订，共305首，因此又称“诗”或“诗三百”。到西汉时，被尊为儒家经典，称为《诗经》。《诗经》是中国最早的一部诗歌总集，反映了西周初期到春秋中叶约五百年间的社会面貌。

《诗经》包括《风》《雅》《颂》三部分。《风》是周代各地的歌谣；《雅》是周人的正声雅乐，又分《小雅》和《大雅》；《颂》是周王庭和贵族宗庙祭祀的乐歌，又分为《周颂》《鲁颂》和《商颂》。

燕燕于飞，差池其羽[1]。之子于归，远送于野[2]。瞻望弗及，泣涕如雨。

燕燕于飞，颉之颃之[3]。之子于归，远于将之[4]。瞻望弗及，伫立以泣。

燕燕于飞，下上其音[5]。之子于归，远送于南[6]。瞻望弗及，实劳我心[7]。

仲氏任只，其心塞渊[8]。终温且惠，淑慎其身[9]。先君之思，以勖寡人[10]。

①差池（cī chí）：不整齐。②之子：指被送的女子。③颉（xié）：上飞。颃（háng）：下飞。④将（jiāng）：送。⑤下上其音：言鸟声或上或下。⑥南：指南郊。⑦劳：忧伤。⑧仲：第二。氏：姓氏。任：姓氏。塞：实。渊：深。塞渊：诚实厚道。⑨终：既。⑩勖（xù）：勉励。寡人：寡德之人，庄姜自称。

名家点评

譬如画工一般，直是写得他精神出。

——［南宋］黎靖德编《朱子语类》

“燕燕”二语，深婉可诵，后人多许咏燕诗，无有能及者。

——［明］戴君恩原本、［清］陈继揆补辑《读风臆补》

哀在音节，使读者泪落如豆，竿头进步，在“瞻望弗及”一语。

——［清］陈　震《读诗识小录》

木瓜

《诗经》

作品导读

《木瓜》是现今传诵最广的《诗经》名篇之一，古往今来的相关解读很多，其中“臣子思报忠于君主”“爱人定情坚于金玉”“友人馈赠礼轻情重”三种意象逐渐成为它的主流内涵，而更多的人认可这是一首情诗。诗中先写投物相赠，后写回报，贵重的佩玉正有永世相守、坚贞不渝之意。物品价值的轻重并不重要，所重在情、在心，这是永结恩情的表示。

《木瓜》一诗，章句结构富有特色。首先，未用《诗经》中最典型的句式——四字句，其所用句式有意造成一种跌宕有致的韵味，在歌唱时易于取得声情并茂的效果。其次，语句具有极高的重叠复沓程度，格式看起来就像唐代据王维诗谱写的乐歌《阳关三叠》，可见《诗经》音乐与文学的双重性。吟咏此诗，心下不禁悦然。

投我以木瓜①，报之以琼琚②。匪报也③，永以为好也！
投我以木桃④，报之以琼瑶。匪报也，永以为好也！
投我以木李⑤，报之以琼玖。匪报也，永以为好也！

①木瓜：落叶灌木或乔木，蔷薇科，果实秋成熟，椭圆，有香气，经蒸煮或蜜渍后供食用。②琼琚（jū）：美玉，下面的“琼玖”“琼瑶”都泛指佩玉。③匪：非。④木桃：指樝（zhā）子。樝子似梨而酸涩。一说木桃即指桃子，因生于桃树，故称木桃。⑤木李：即榠樝，与木瓜相似，比木瓜大而色黄。一说木李为李子，因生在李树上，故加木。

名家点评

《木瓜》美齐桓公也。卫国有狄人之败，出处于漕，齐桓公救而封之，遗之车马器服焉。卫人思之，欲厚报之，而作是诗也。

——《毛诗序》

故礼者所以恤下也。……诗曰“投我以木瓜，报之以琼琚。匪报也，永以为好也。”上少投之，则下以躯偿矣。弗敢谓报，愿长以为好。古之蓄其下者，其报施如此。

——［西汉］贾　谊《新书·礼篇》

匪，非也。我非敢以琼琚为报木瓜之惠，欲令齐长以为玩好，结己国之恩也。

——［东汉］郑　玄《毛诗笺》

惠有大于木瓜者，却以木瓜为言，是降一格衬托法；琼瑶足以报矣，却说匪报，是进一层翻剥法。

——［清］牛运震《诗志》

子衿

《诗经》

作品导读

但凡有诗歌情结的中国人，都对“青青子衿，悠悠我心”这样的文字青睐有加。如果你曾经约过朋友，却久候不至，你的内心中，或许会有“有约不来过夜半，闲敲棋子落灯花”的闲适，或许会有“子宁不来”“子宁不嗣音”的落寞、惆怅，或许还夹杂着幽怨。那么，“挑兮达兮，在城阙兮”的“悠悠我心”“悠悠我思”实在是势不可挡，真个是，“一日不见，如三月兮”！

这首女子怀思情人的诗，仅用49个字，就将女主人公等待恋人时焦灼万分的情状呈现在我们面前，字少意多，令人生出无限想象，成为中国文学史上描写相思之情的经典之作。

青青子衿[1]，悠悠我心。纵我不往，子宁不嗣音[2]？
青青子佩[3]，悠悠我思。纵我不往，子宁不来？
挑兮达兮[4]，在城阙兮[5]。一日不见，如三月兮。

①子衿：周代读书人的服装。子，男子的美称，这里即指“你”。衿：即襟，衣领。②嗣（yí）音：传音讯。嗣，通“贻”，寄。③佩：这里指系佩玉的绶带。④挑（táo）兮达（tà）兮：独自走来走去的样子。⑤城阙：城门两边的观楼。

名家点评

旧评：前二章回环入妙，缠绵婉曲。末章变调。

——吴闿生《诗义会通》

《子衿》云：“纵我不往，子宁不嗣音？”“子宁不来？”薄责己而厚望于人也。已开后世小说言情心理描绘矣。

——钱锺书《管锥编》

鹿鸣

《诗经》

作品导读

《鹿鸣》乃《诗经·小雅》的开篇之作，属宫廷乐歌。在现代社会，每有嘉宾相聚，文人雅士亦喜吟诵《鹿鸣》以表心意。正如诗中所言：“我有嘉宾，德音孔昭”，既然来的都是具有大德之人，且不辞相授人生大道——“人之好我，示我周行”，主人定要尽东道之谊——旨酒相奉，笙簧琴瑟齐鸣，一派喜乐祥和，正所谓“和乐且湛”是也！

关于诗的主题，最大的争议莫过于两种：一曰美诗，一曰刺诗。《毛诗序》说：“《鹿鸣》，燕群臣嘉宾也。既饮食之，又实币帛筐篚，以将其厚意，然后忠臣嘉宾，得尽其心矣。”政治家、诗人曹操的名作《短歌行》，还引用了此诗首章前四句，表达渴求贤才的愿望，可见此诗影响之深远。

呦呦鹿鸣，食野之苹①。我有嘉宾，鼓瑟吹笙。吹笙鼓簧，承筐是将②。人之好我，示我周行③。

呦呦鹿鸣，食野之蒿④。我有嘉宾，德音孔昭⑤。视民不恌，君子是则是效⑥。我有旨酒，嘉宾式燕以敖⑦。

呦呦鹿鸣，食野之芩⑧。我有嘉宾，鼓瑟鼓琴。鼓瑟鼓琴，和乐且湛⑨。我有旨酒，以燕乐嘉宾之心。

①呦（yōu）呦：鹿鸣声，见食相呼。苹：皤（pó）蒿，艾蒿。②簧：乐器中用以发声的振动器。承筐是将：古代奉筐盛币帛以送宾客。承，奉也。将：送，献。③周行（háng）：大路。④蒿：又叫青蒿、香蒿，菊科植物。⑤德音：美好的品德声誉。孔：很。⑥视：同“示”。恌（tiāo）：同“佻”，轻薄，轻浮。则：法则，楷模，此做动词。效：仿效。⑦旨：甘美。式：语助词。燕：同“宴”。敖：同“遨”，嬉游。⑧芩（qín）：草名，蒿类植物。⑨湛（dān）：深厚。此有乐而尽兴的意思。

名家点评

鹿得萍，呦呦然鸣而相呼，恳诚发乎中。

——［唐］孔颖达《毛诗正义》

此燕（宴）飨宾客之诗也。……岂本为燕（宴）群臣嘉宾而作，其后乃推而用之乡人也与？

——［南宋］朱　熹《诗集传》

橘颂

［战国］屈　原

作品导读

《橘颂》堪称中国文人写的第一首咏物诗。

橘树，根深难徙，让人想到矢志不移——叹哉，“更壹志兮”；橘树，绿叶衬白花，其繁茂令人心生欢喜——美哉，“绿叶素荣”；橘树，特立独行，幼年即受人尊重——益哉，“有以异兮”……此诗以橘树为喻，以拟人的手法塑造橘树的美好形象，从各个角度描写橘树的美好品行，激励自己坚守节操，表达了自己追求美好品质和理想的坚定意志。在这首诗中，橘树是我，我即是橘，由此造出了清人林云铭所赞扬的“看来两段中句句是颂橘，句句不是颂橘，但见（屈）原与橘分不得是一是二，彼此互映，有镜花水月之妙”（《楚辞灯》）的奇特境界。从此以后，南国之橘便蕴含了志士仁人“独立不迁”、热爱祖国的丰富文化内涵，而永远为人们所歌咏和效法了。这一独特的贡献，仅属于屈原，所以南宋刘辰翁又称屈原为千古“咏物之祖”。

关于作者

屈原（约公元前340—前278），名正则，字灵均（一名平，字原），战国时期楚国（今湖北秭归）人。他开创了诗歌从集体歌唱转变为个人独立创作的新纪元，是我国浪漫主义诗歌的奠基人，我国第一位伟大的爱国主义诗人，世界四大文化名人之一。他创作的“楚辞”体，与“诗经”体并称“风骚”二体，对后世诗歌产生了深远影响。主要作品有《离骚》《九章》《九歌》等。

后皇嘉树，橘徕服兮[1]。受命不迁，生南国兮[2]。
深固难徙，更壹志兮[3]。绿叶素荣，纷其可喜兮[4]。
曾枝剡棘，圆果抟兮[5]。青黄杂糅，文章烂兮[6]。
精色内白，类任道兮[7]。纷缊宜修，姱而不丑兮[8]。
嗟尔幼志，有以异兮[9]。独立不迁，岂不可喜兮[10]？
深固难徙，廓其无求兮[11]。苏世独立，横而不流兮[12]。
闭心自慎，终不失过兮[13]。秉德无私，参天地兮[14]。
愿岁并谢，与长友兮[15]。淑离不淫，梗其有理兮[16]。
年岁虽少，可师长兮[17]。行比伯夷，置以为像兮[18]。

①后皇：即后土、皇天，指地和天。徕：通“来”。服：习惯，适应。②受命：受天地之命，即禀性、天性。迁：迁移，迁徙。橘是南方特有的植物，所以说不迁。南国：泛释之为南方之义。在屈原的时代，南方即楚国之地。③壹志：志向专一。④素荣：白色花。纷：这里形容橘树花叶茂盛的样子。⑤曾：层层叠叠。剡（yǎn）棘：尖利的刺。抟（tuán）：通“团”，圆圆的；又一说，同“圜（huán）”，环绕，楚地方言。⑥青黄：橘的果实未成熟时外皮呈青色，成熟时则呈黄色。文章：文采，错综华美的色彩或花纹。文：同“纹”。章：文采。烂：斑斓，明亮。⑦精色：鲜明的皮色。内白：指橘实内部瓤肉色泽洁白。类：似，好像。任：承担，担任，肩负。⑧纷缊（yūn）：纷繁茂盛，是针对橘树枝、叶、花、果各个方面而言的。宜修：修饰得宜，恰到好处。姱（kuā）：美好。⑨嗟：表示感叹语气的虚词。⑩“独立”二句：你独立于世不肯迁移，这志节岂不令人欣喜。⑪廓：广大，空阔。这里指橘树的心境、品格的阔大，申言之即超脱旷达的意思。⑫苏世独立：独立于世，保持清醒。苏：苏醒，指的是对浊世有所觉悟。横：充满。不流：不随波逐流、媚俗从众、与世沉浮。⑬闭心：将心灵关闭，如此则能排

除外界的诱惑与干扰，保持自身内心世界的洁净。不终失过：当作“终不失过”，即始终不犯错误。⑭秉德：保持好品德。参：三。这里指与天地相配，合而成三。⑮愿岁并谢：誓同生死。谢：离去，这里指岁月流逝。⑯淑离：美丽而善良自守。离：通“丽”。梗：正直。⑰少：年少。师长：动词，为人师长。⑱行：德行。伯夷：古代的贤人，纣王之臣。固守臣道，反对周武王伐纣，与弟叔齐逃到首阳山，不食周粟而死，古人认为他是贤人义士。置：建立，树立。像：法式，榜样。

名家点评

及三闾《橘颂》，情采芬芳，比类寓意，又覃及细物矣。

——［南朝梁］刘　勰《文心雕龙·颂赞》

（橘树）生于荏草之中，而贞于独立，不随草靡，喻君子杂处于浊世，而不随横逆以俱流。——［清］王夫之《楚辞通释》

一篇小小赞物，说出许多道理。且以为有志有德，可友可师，而尊之以颂，可谓备极称扬，不遗余力矣。

——［清］林云铭《楚辞灯》

屈子之文虽为辞赋家，其学则为儒家……《橘颂》云：“深固难徙，更壹志兮。”此《中庸》所谓强哉矫也，屈子之学与圣人之德，是以不朽千古矣！　——［清］陈　澧《东塾读书记》

秋风辞

[西汉] 刘彻

作品导读

公元前113年，汉武帝刘彻率领群臣到河东郡汾阳县祭祀后土，途中传来南征将士的捷报，遂将当地改名为闻喜，沿用至今。时值秋风萧飒，汉武帝乘坐楼船，于汾河扬波弄水，歌舞升平之际，触景生情，感慨万千，写下了千古绝调《秋风辞》。

这首诗很容易让我们联想到屈原《湘夫人》中的“沅有芷兮澧有兰，思公子兮未敢言”。作为帝王之词，此诗不仅有浩荡之胸襟，更有乐极生哀的哲思。明代胡应麟《诗薮·内编》评曰：“秋风百代情至之宗。”《诗薮·外编》又言：“帝王诗歌之美者，非当时臣下所及。”

此诗在艺术风格上受楚辞影响较大，意境优美，音韵流畅，与苍莽雄放的《大风歌》相敌，并同垂百世。

关于作者

刘彻（公元前156—前87），即西汉武帝，杰出的政治家、战略家、诗人。

秋风起兮白云飞，草木黄落兮雁南归。
兰有秀兮菊有芳[1]，怀佳人兮不能忘。
泛楼船兮济汾河[2]，横中流兮扬素波。
箫鼓鸣兮发棹歌[3]，欢乐极兮哀情多。
少壮几时兮奈老何！

①兰、菊：比拟佳人。秀：此指颜色。芳：花的香气。②楼船：上面建造楼的大船。汾河：起源于山西宁武，西南流至河津西南入黄河。③棹：船桨。这里代指船。

名家点评

乐极悲来，乃人情之常也。愁乐事可复而盛年难在。武帝求长生而慕神仙，正为此一段苦处难遣耳。念及此而歌啸中流，顿觉兴尽，然自是绝妙好辞。

——［清］王尧衢《古唐诗合解》

《离骚》遗响。文中子谓乐极哀来，其悔心之萌乎？

——［清］沈德潜《古诗源》

此辞有感秋摇落。系念求仙意，“怀佳人”句，一篇之骨……

——［清］张玉榖《古诗赏析》

缠绵流丽，虽词人不能过也。

——鲁　迅《汉文学史纲要》

上邪

［汉］乐府民歌

作品导读

《上邪》出自汉乐府民歌，是女主人公忠贞爱情的自誓之词。开篇即直呼上天，紧接着热烈告白始终如一的相爱之心，不忸怩作态，不闪烁其词。下面一连排列出五件现实中根本不可能发生的事情，来表明自己对爱情的坚贞不渝，或用三言，或用四言，读起来章节短促，语句跌宕，若听到女子急促逼人的呼吸、不可动摇的誓言，主人公的斩决、果断、刚烈、火爆，震撼人心。细品每句结尾的“竭”“雪”“合”“绝”等入声字，可感《上邪》的主人公在自己倾心的爱情上似乎碰到了问题，承受着外界巨大的压力，不然怎会有如此狂风暴雨般的誓言迸发而出？

几千年前的女子追求爱情是这样轰轰烈烈，坚定不移，让人着实惊讶，敬佩不已，她用诸种不可能，只为确认与坚守一种相爱的真醇和浓烈。

关于作者

汉武帝时，重建专管乐舞演唱教习的乐府，职责是采集汉族民间歌谣或文人的诗来配乐，以备朝廷祭祀或宴会时演奏之用。它搜集整理的诗歌，后世就叫“乐府诗”，或简称“乐府”。汉乐府是继《诗经》之后古代民歌的又一次大汇集，不同于《诗经》的是，它开创了诗歌现实主义的风格。

上邪！①
我欲与君相知②，
长命无绝衰③。
山无陵④，
江水为竭，
冬雷震震⑤，
夏雨雪⑥，
天地合，
乃敢与君绝⑦！

①上邪（yé）：上天啊。上：指天。邪：语气助词，表示感叹。②相知：相爱。③命：古与“令”字通，使。衰（cuī，也可读作shuāi），衰减，断绝。④陵：山峰，山头。⑤震震：形容雷声。⑥雨雪：降雪。雨，名词活用作动词。⑦乃敢：才敢，“敢”字是委婉的用语。

名家点评

上邪言情，短章中之神品！

——［明］胡应麟《诗薮·外编》

首三，正说，意言已尽。后五，反面竭力申说。如此，然后敢绝，是终不可绝也。迭用五事，两就地维说，两就天时说，直说到天地混合，一气赶落，不见堆垛，局奇笔横。

——［清］张玉榖《古诗赏析》

五者皆必无之事，则我之不能绝君明矣。

——［清］王先谦《汉铙歌释文笺正》

行行重行行

[汉]《古诗十九首》

作品导读

动荡的岁月，离乡的游子已多久未归？

追叙当初的离别，“送君南浦，伤如之何”，复沓的声调，迟缓的节奏，如生离时沉重悲伤的步伐。这一别，即是关山迢递，音讯茫然。相思有多浓烈，且问眷恋故土的胡马、越鸟，且看日渐憔悴的容颜、消瘦的身形。是什么牵绊了游子的归程？行人难归，春秋又是一年，坐愁红颜老，尚该自我宽解，努力加餐，留得青春的容光，以待来日相会。

这一首相思乱离的歌，是一首淳朴清新的民歌，相思别离用或显或寓，或直或曲，或托物比兴的方法层层深入，用“若秀才对朋友说家常话”式单纯优美的语言，让人体味到不迫不露、句意平远的诗歌魅力。

《古诗十九首》最早见于《文选》，为南朝梁萧统从传世无名氏《古诗》中选录 19 首编入。《古诗十九首》在五言诗的发展史上有重要地位，刘勰的《文心雕龙》称它为“五言之冠冕”。

关于作者

《古诗十九首》，最早见于《文选》，为南朝梁萧统从传世无名氏《古诗》中选录十九首编入。《古诗十九首》是在汉代汉族民歌基础上发展起来的五言诗，多写离愁别恨和彷徨失意，思想消极，情调低沉；但它的艺术成就却很高，长于抒情，善用事物来烘托，寓情于景，情景交融。

行行重行行，与君生别离[①]。
相去万余里，各在天一涯[②]。
道路阻且长，会面安可知[③]？
胡马依北风，越鸟巢南枝[④]。
相去日已远，衣带日已缓[⑤]。
浮云蔽白日，游子不顾反[⑥]。
思君令人老，岁月忽已晚[⑦]。
弃捐勿复道，努力加餐饭[⑧]。

①重：又。这句是说行而不止。②相去：相距，相离。③阻：艰险。④胡马：北方边远地区所产的马。依：依恋。越鸟：泛指生活在南方的鸟。巢：做动词，筑巢、做窝。这是借用禽兽的不忘故土来隐喻游子的思念家乡，是诗中主人公对游子的设想。⑤缓：宽松。这是说人因相思而一天天地消瘦下去。⑥顾反：还返，回家。顾：返也。反：同“返”。⑦老：并非实指年龄，而指消瘦的体貌和忧伤的心情，是说身心憔悴，有似衰老而已。晚：指行人未归，岁月已晚，表明春秋忽代谢，相思又一年，暗喻青春易逝。⑧弃捐：抛弃。这两句的意思是说这些都丢开不必再说了，只希望你在外保重；一说是指这些都丢开不必再说，自己要努力保重自己，以待后日相会。

名家点评

情真、景真、事真、意真。

——［元］陈绎曾《诗谱》

妙在“已晚”上着一“忽”字。彼衣带日缓曰“日已”，逐日抚髀，苦处在渐；岁月之晚曰“忽已”，兜然惊心，苦处在顿。

——［清］吴　淇《六朝选诗定论》

对于具有这种德操的人，无论是逐臣还是弃妇，是居者还是行者，抑或是任何一个经历过这样的离别却仍然一心抱着重逢的希望不肯放弃的人，这首诗所写的情意都有它永恒的真实性。

——叶嘉莹《汉魏六朝诗讲录》

短歌行（其一）

［东汉］曹　操

作品导读

对酒当歌，正是人生欢宴时刻。一位诗人，却乐极悲来，生出一种人生如朝露的悲哀。社会的动荡，带来了朝不保夕的离乱和人生无常的际遇，“天地无终极，人命若朝霜”。可这一切都不能阻挡那个高歌“不戚年往，忧世不治”的诗人，他的内心激荡的是时不我待的焦虑感，是海纳百川的胸襟。

吴淇评此诗云：“从来真英雄，虽极刻薄，亦定有几分吉凶与民同患意，思其与天下贤才交游，一定有一段缱绻体恤情怀。”或许正是因为诗人拥有如此“缱绻体恤情怀”，此诗才得以如此抑扬顿挫，感人至深。

关于作者

曹操（155—220），字孟德，沛国谯县（今安徽亳州）人，东汉政治家、军事家、诗人，代表作品有《观沧海》《龟虽寿》等。他开启并繁荣了建安文学，史称“建安风骨”，与其子曹丕、曹植并称“三曹”。

对酒当歌，人生几何？譬如朝露，去日苦多。
慨当以慷，忧思难忘[1]。何以解忧？唯有杜康[2]。
青青子衿，悠悠我心。但为君故，沉吟至今[3]。
呦呦鹿鸣，食野之苹。我有嘉宾，鼓瑟吹笙。
明明如月，何时可辍[4]？忧从中来，不可断绝。
越陌度阡，枉用相存[5]。契阔谈宴，心念旧恩[6]。
月明星稀，乌鹊南飞，绕树三匝，何枝可依[7]？
山不厌高，海不厌深。周公吐哺，天下归心[8]。

①慨当以慷：应当激昂慷慨地高歌，是“慷慨”的间隔用法。②杜康：酒的代称，相传为最早发明酿酒的人，夏朝人。③沉吟：低声吟唱，这里指对贤人的思念和倾慕。④辍：停止。一作“掇”。⑤“越陌度阡”两句：客人远道来访，劳驾来探望。枉：枉驾，屈就。用：以。存：问候，思念。⑥“契阔”两句：久别重逢，谈心饮宴，时常怀念旧日的情谊。契：投合。阔：疏远，久别。⑦匝（zā）：周，圈。⑧周公吐哺（bǔ）：《史记》载，周公礼贤下士，求才心切，吃饭时常几次放下碗来迎接到来的贤士。曹操借用这个典故，表示要热情而周到地接待愿意来辅助自己的贤才。

名家点评

“譬如朝露，去日苦多”：不用来日苦少，句觉尤妙。“但为君故，沈吟至今”：英雄何尝不笃于交情，然亦不泛。“明明如月”：如字幻极，乐府奇语。“契阔谈宴，心念旧恩”：惨刻处惨刻，厚道处厚道，各不妨，各不相讳，所以为英雄。又云：四言至此，出脱《三百篇》殆尽，此其心手不黏滞处。“青青子衿”

二句，“呦呦鹿鸣”四句，全写《三百篇》，而毕竟一毫不似，其妙难言。

——［明］钟　惺、谭元春《古诗归》钟惺评

少小时读之，不觉其细；数年前读之，不觉其厚。至细，至厚，至奇！英雄骚雅，可以验后人心眼。

——［明］钟　惺、谭元春《古诗归》谭元春评

言当及时为乐也。“月明星稀”四句，喻客子无所依托。“山不厌高”四句，言王者不却众庶，故能成其大也。

——［清］沈德潜《古诗源》

咏怀（其一）

［三国］阮籍

作品导读

清冷的月光，凉风拂过，孤鸿和翔鸟也在哀号、尖叫。诗人在风声、呼号声中夜不能寐，又无可奈何，只感寂寞。只能“起坐弹鸣琴”，独自徘徊，却又不知“将何见”，心中仿若有巨石重压，无法排遣，也只能“忧思独伤心”。全诗以一个“夜”字领起，以一个“独”字结束，余韵悠远，让人回味不已。

阮籍的《咏怀》是有名的抒情组诗，共82首，反映了诗人在险恶的政治环境中，在种种醉态、狂态掩盖下的内心的无限孤独寂寞、痛苦忧愤。“咏怀者，谓人情怀。籍于魏末晋文之代，常虑祸患及己，故有此诗。多刺时人无故旧之情，逐势利而已。观其体趣，实为幽深，非夫作者，不能探测之。”唐代学者李善早已看破《咏怀》组诗之深意。魏晋迭代之际，阮籍用诗表达着自己对黑暗社会的隐喻。

关于作者

阮籍（210—263），字嗣宗，陈留尉氏（今河南尉氏县）人，与嵇康等称“竹林七贤”。他曾任步兵校尉，故世称“阮步兵”。他创作的82首《咏怀》诗忧愤深广，开创了中国文学史上政治抒情诗的先河，也首创了我国五言古诗抒情组诗的体例。有《阮籍集》传世。

夜中不能寐，起坐弹鸣琴①。
薄帷鉴明月，清风吹我襟②。
孤鸿号外野，翔鸟鸣北林③。
徘徊将何见？忧思独伤心。

①“夜中”两句：化用了王粲《七哀诗》诗句“独夜不能寐，摄衣起抚琴”。意思是因为忧伤，到了半夜还不能入睡，就起来弹琴。夜中：中夜，半夜。②帷：帐幔。鉴：照见。③号：鸣叫，哀号。北林：《诗经·秦风·晨风》云“鴥（yù）彼晨风，郁彼北林。未见君子，忧心钦钦。如何如何，忘我实多”。后人往往用“北林”一词表示忧伤。

名家点评

起何彷徨，结何寥落，诗之致在意象而已。

——［明］陆时雍《古诗镜》

晴月凉风，高云碧宇之致见之吟咏者，实自公始。但如此诗，以浅求之，若一无所怀，而字后言前，眉端吻外，有无尽藏之怀，令人循声测影而得之。

——［清］王夫之《古诗评选》

阮公咏怀，反覆零乱，兴寄无端。和愉哀怨，杂集于中，令读者莫求归趣。此其为阮公之诗也。必求时事以实之，则凿矣。

——［清］沈德潜《古诗源》

咏史八首（其一）

［西晋］左思

作品导读

左思以辞藻壮丽著称，创作此诗之时，他的内心正豪情万丈，对自己、社会、国家充满着信心。他的《三都赋》风行一时，时人争相传写，造成“洛阳纸贵”。“著论准过秦，作赋拟子虚”，诗人的心中正溢满希望和期许。但诗人的胸怀并没有简单地停留在舞文弄墨之上，他以春秋时齐国军事家田穰苴自比，渴望驰骋沙场，“梦想骋良图”。他写荆轲，实际上是对勇士的一种欣赏，是对欲立奇功、不求名利之情的一种抒发。

诗作名为咏史，实为咏怀，诗人不仅表达了报效祖国的雄心壮志，也寄寓了不图名利的高尚情操。这样一个“貌寝，口讷，而辞藻壮丽。不好交游，唯以闲居为事”的诗人，在诗歌的世界里，找到了栖息之地。

关于作者

左思（约250—305），字太冲，齐国临淄（今山东淄博）人，著名文学家，著有《白发赋》《蜀都赋》《三都赋》等。

弱冠弄柔翰，卓荦观群书①。
著论准过秦，作赋拟子虚②。
边城苦鸣镝，羽檄飞京都③。
虽非甲胄士，畴昔览穰苴④。
长啸激清风，志若无东吴。
铅刀贵一割，梦想骋良图⑤。
左眄澄江湘，右盼定羌胡⑥。
功成不受爵，长揖归田庐。

①弱冠：古时男子二十岁行冠礼，表示成人，但体犹未壮，所以叫“弱冠”。柔翰：毛笔。这句话是说自己二十岁就擅长写文章。卓荦（luò）：卓越。②过秦：即《过秦论》，西汉贾谊所作。子虚：即《子虚赋》，西汉司马相如所作。准、拟：以为法则。③鸣镝（dí）：响箭，此处借指战争。檄（xí）：檄文，用来征召的文书，写在一尺二寸长的木简上，上插羽毛，以示紧急，所以叫“羽檄”。这是说告急的文书驰传到京师。④胄：头盔。甲胄士：战士。畴昔：往时。穰苴（rǎng jū）：春秋时齐国人，善治军。齐景公因为他抵抗燕、晋有功，尊其为大司马，所以叫“司马穰苴”，曾著《兵法》若干卷。这是说自己从前也读过司马穰苴的兵法。⑤“铅刀”句：铅刀难以割东西，此处是用班超上疏中的成语来比喻才能低下。驰良图：施展自己的美好抱负。⑥“左眄（miǎn）”句：向左扫清东吴，向右平定西北的羌族。眄、盼：看。澄：清。江湘：长江、湘水，是当时东吴所在，地处东南，所以说“左眄”。羌胡，即“五胡”中的羌族，在甘肃、青海一带，地在西北，所以说“右盼”。

名家点评

（左思）尽锐于《三都》，拔萃于《咏史》。

——［南朝梁］刘　勰《文心雕龙·才略》

题云《咏史》，其实乃咏怀也。……咏史者，不过美其事而咏叹之，概括本传，不加藻饰，此正体也。太冲多摅胸臆，此又其变。

——［清］何　焯《义门读书记》

归园田居（其一、其二）

［东晋］陶渊明

作品导读

陶渊明的诗歌，是平淡的，自然的，其间有恬淡的田园风光，有远远近近的村庄，有枝叶繁盛的树木、朦胧飘远的烟霭、鸡犬相吠的声音，可谓景景有色、声声有情。读完整首诗，一幅山村图就展现在眼前，一个耿直、刚正、淡泊的诗人形象也自然跃入眼前。

明人王圻说：“陶诗淡，不是无绳削。但绳削到自然处，故见其淡之妙，不见其削之迹。”陶渊明诗歌的高妙之处，就在于这“自然”之中，情和景自然地融会在一起。故钟嵘《诗品》说：“每观其文，想其人德。”这正是对陶诗情景交融的最好评价。

梁启超评价陶渊明时曾说：“自然界是他爱恋的伴侣，常常对着他笑。”东晋义熙二年（406），亦即陶渊明辞去彭泽令的次年，诗人写下这一组共5首的《归园田居》。

关于作者

陶渊明（352或365—427），字元亮，晚年又名潜，号五柳先生，世人尊称“靖节先生”，浔阳柴桑人，东晋诗人、辞赋家，我国第一位田园诗人，被称为“千古隐逸之宗”。著有《陶渊明集》。

其一

少无适俗韵，性本爱丘山[①]。
误落尘网中，一去三十年[②]。
羁鸟恋旧林，池鱼思故渊[③]。
开荒南野际，守拙归园田[④]。
方宅十余亩，草屋八九间[⑤]。
榆柳荫后檐，桃李罗堂前[⑥]。
暧暧远人村，依依墟里烟[⑦]。
狗吠深巷中，鸡鸣桑树颠。
户庭无尘杂，虚室有余闲[⑧]。
久在樊笼里，复得返自然。

①适俗：适应世俗。韵：性格，风度。②尘网：尘世的罗网，指官场生活。三十年：当作十三年。陶潜自太元十八年（393）为江州祭酒，至彭泽弃官，为十三年。③羁鸟：笼中之鸟。故渊：指鱼儿原先生活的水潭，比喻自己在仕宦中思恋田园生活。④守拙：安守愚拙的本性。拙：不善于在官场逢迎取巧。⑤方：读作“旁”。这句是说住宅周围有土地十余亩。⑥罗：列。⑦暧暧：昏暗，模糊，依稀不明。依依：轻柔的样子。墟里：村落。⑧虚室：空寂的屋子。这里并用《庄子·人间世》“虚室生白，吉祥止止”的意思，比喻内心明净洞彻的境界。

其二

野外罕人事，穷巷寡轮鞅①。
白日掩荆扉，对酒绝尘想②。
时复墟曲中，披草共来往③。
相见无杂言，但道桑麻长。
桑麻日以长，我土日已广④。
常恐霜霰至，零落同草莽⑤。

①人事：指和俗人结交往来的事。穷巷：偏僻的里巷。鞅：马驾车时套在颈上的皮带。轮鞅：指车马。②绝尘想：断绝世俗的交往。③时复：有时又。墟曲：乡野偏僻的地方。墟曲中：一作“墟曲人”。披：拨开。④“我土”句：指开垦种植的土地面积也日渐增多。⑤霰（xiàn）：小雪粒。莽：草。这两句是说经常担心霜雪来临，使桑麻如同草莽一样凋零。言外还担心不能常守田园。

名家点评

赏读高士传，最嘉陶征君。日耽田园趣，自谓羲皇人。

——［唐］孟浩然《仲夏归汉南园寄京邑旧游》

欲仕则仕，不以求之为嫌；欲隐则隐，不以去之为高。饥则叩门而乞食；饱则鸡黍以迎客。古今贤之，贵其真也。

——［北宋］苏　轼《东坡题跋：书李简夫诗集后》

读山海经（其十）

［东晋］陶渊明

作品导读

陶渊明一生酷爱自由，具有极强的反抗精神，他的诗也带着自由的气息。精卫、刑天，即是此精神的体现。精卫口中所衔的是细微之木，但其决心之大，直盖过沧海。刑天为复断首之仇，挥舞斧盾，誓与天帝血战到底，其勇猛之志、无畏之心，至今仍留存于人们心中。

鲁迅先生将此诗誉为“金刚怒目”式的作品，游国恩等编的《中国文学史》认为：“‘猛志固常在’，说明诗人心中永远燃烧着一股不熄的火。”也有人说，此诗是陶渊明“火气”十足的作品。正是诗中蕴含的一股悲愤不平之感，使我们得以想见诗人内心深处的情感正像火山爆发一样，迸裂而出。

精卫衔微木，将以填沧海①。
刑天舞干戚，猛志固常在②。
同物既无虑，化去不复悔③。
徒设在昔心，良辰讵可待④。

①精卫：古代神话中的鸟名。据《山海经·北山经》及《述异记》记载，传说古代炎帝之女精卫，因游东海淹死，灵魂化为鸟，经常衔木石去填东海。衔：用嘴含。微木：细木。②刑天：《山海经·海外西经》说，有兽名刑天，与天帝争神，帝断其首，乃以乳为目，以脐当口，仍然挥舞着干戚。干：盾。戚：大斧。猛志：壮志。固：本。③“同物”二句：是说精卫和刑天既对于死无所顾虑，也不再后悔。“同物”，同乎异物，这里指精卫、刑天死去化为异物。④“徒设”二句：空有昔日的雄心壮志，实现愿望的好日子怎能等待得到！讵（jù）：表示反问，岂。

名家点评

渊明如“历览千载书，时时见遗烈。高操非所攀，深得固穷节”，不与物竞，不强所不能，自然守节。

——［北宋］晁说之《晁氏客语》

须信此翁未死，到如今凛然生气。

——［南宋］辛弃疾《水龙吟·老来曾识渊明》

拟行路难（其四）

［南朝宋］鲍　照

作品导读

“拟行路难”为乐府古题“行路难”的仿作。在鲍照最为擅长的乐府诗体中，《拟行路难》十八首称得上是“皇冠上的珍宝”。

这首诗抑扬顿挫，含蓄委婉，情感表达含蓄而又无奈，让人仿佛能看到诗人鲍照在逆境中痛苦的长吁短叹，在落魄中无奈的忍气吞声。生活在一个“上品无寒门，下品无世族”的社会里，诗人不得不在壮志未酬的憾恨中坐视时光流逝，但他没有压抑满腔的愤怒，而是在自己的创作中抒发着愤懑之情，直指黑暗的社会现实。

鲍照“才秀人微，故取湮当代！”（钟嵘语），他的诗与他的人一样，不以文辞华丽取胜，却以真情动人。

关于作者

鲍照（约415—466），字明远，东海郡兰陵（今山东省临沂市兰陵县），曾为朐海王刘子顼的前军参军，人称“鲍参军”；与颜延之、谢灵运合称“元嘉三大家”。著有《鲍参军集》。

泻水置平地，各自东西南北流。
人生亦有命，安能行叹复坐愁[①]？
酌酒以自宽，举杯断绝歌路难[②]。
心非木石岂无感？吞声踯躅不敢言[③]。

①“泻水”四句：用泻水漫流比喻人生各自有命，想借此从无可奈何的痛苦中解脱出来。②“举杯”句：是说举杯消愁以断绝难言之情，但是“举杯消愁愁更愁”，只好唱着这不平的《行路难》之歌。③感：想。吞声：声将发又止，隐忍的意思。踯躅（zhí zhú）：徘徊，这里是想说不说的样子。

名家点评

明远《行路难》壮丽豪放，若决江河，诗中不可比拟，大似贾谊《过秦论》。

——［南宋］许　顗《彦周诗话》

行路难诸篇，一以天才天韵，吹宕而成，独唱千秋，更无和者。

——［清］王夫之《古诗评选》

妙在不曾说破，读之自然生愁。

——［清］沈德潜《古诗源》

明远长句，慷慨任气，磊落使才，在当时不可无一，不能有二。

——［清］刘熙载《艺概·诗概》

寄王琳①

［南北朝］庾信

作品导读

庾信奉命出使西魏，在此期间，梁为西魏所灭，被迫留在北朝。梁亡后，王琳在郢城练兵，志在为梁雪耻，作书与庾信。诗人敬佩他的气节，读之泪下，感慨不已，遂作此诗。

诗人思及自己羁留异国、屈处他乡，在短短的20个字中，就寄寓了更多的内蕴。自身处境的艰难，内心的苦痛，对王琳的敬重，对故国的怀念，收到故国旧友来信时的万千感慨，就在这言短意长的诗境中委婉道出了。

关于作者

庾信（513—581），字子山，小字兰成，历南朝梁、西魏、北周、隋四朝，是南北朝文学的集大成者。他与徐陵都是宫体诗的代表人物，他们的文学风格被称为“徐庾体”。因官至开府仪同三司，故世称“庾开府”。有《庾子山集》传世。

玉关道路远②，
金陵信使疏。
独下千行泪，
开君万里书。

①王琳：字子珩，平侯景有功。元帝迁都江陵，为萧詧（chá）所败，敬帝立于建业，又被陈霸先篡位。王琳西攻岳阳，东拒霸先，为梁室的忠臣。②玉关：即玉门关，在今甘肃敦煌西。这里代称异域，暗喻自己身留北周。

名家点评

庾信平生最萧瑟，暮年诗赋动江关。

——［唐］杜　甫《咏怀古迹》（其一）

庾信文章老更成，凌云健笔意纵横。

——［唐］杜　甫《戏为六绝句》

西洲曲①

［南朝］乐府民歌

作品导读

《西洲曲》，最早著录于徐陵所编《玉台新咏》，是南朝乐府民歌中最长的抒情诗篇，历来被视为南朝乐府民歌的代表作。

按一般赏析的角度来讲，这是首描写四季相思的歌，它把看不到、摸不着的相思之情化为忆梅、折梅、寄梅、开门、出门、采莲、弄莲、置莲、望鸿、上楼、凭栏、卷帘、入梦这一连串动作，其情婉曲多姿，时而焦虑，时而温情，时而甜蜜，时而惆怅。文字与情感的流动缠绵，连环式的章法结构，清新淳朴的民歌色彩，使全诗声情摇曳，情味无穷。

《西洲曲》的艺术魅力自不容置疑。但与一般南朝乐府民歌不同的是，《西洲曲》极为难解，研究者甚至称之为南朝文学研究的“哥德巴赫猜想”。

至于做何理解，每一个吟唱此诗的人都可在这未完成的“猜想”中给出自己的答案。

忆梅下西洲，折梅寄江北②。
单衫杏子红，双鬓鸦雏色③。
西洲在何处？两桨桥头渡④。
日暮伯劳飞，风吹乌臼树⑤。
树下即门前，门中露翠钿⑥。
开门郎不至，出门采红莲。
采莲南塘秋，莲花过人头。
低头弄莲子，莲子青如水⑦。
置莲怀袖中，莲心彻底红⑧。
忆郎郎不至，仰首望飞鸿⑨。
鸿飞满西洲，望郎上青楼⑩。
楼高望不见，尽日栏杆头。
栏杆十二曲，垂手明如玉。
卷帘天自高，海水摇空绿⑪。
海水梦悠悠，君愁我亦愁。
南风知我意，吹梦到西洲。

①《西洲曲》：选自《乐府集·杂曲歌辞》，是经文人加工的南朝民歌。西洲曲，乐府曲调名。②“忆梅”二句：女子见到梅花又开了，回忆起以前曾和情人在梅下相会的情景，因而想到西洲去折一枝梅花寄给在江北的情人。西洲：当是在女子住处附近。江北：当指情人所去的地方。③鸦雏色：像小乌鸦一样的颜色。形容女子的头发乌黑发亮。④两桨桥头渡：从桥头划船过去，划两桨就到了。⑤伯劳：鸟名，仲夏始鸣，喜欢单栖。诗中暗喻女子孤单，也表明季节。乌臼：现在写作“乌桕”，落叶乔木，夏季开小黄花。⑥翠钿：用翠玉做成或镶嵌的首饰。⑦莲子：

和“怜子”谐音双关，即怜爱你。青如水：和“清如水”谐音，隐喻爱情的纯洁。⑧莲心：与“怜心”谐音。彻底红：隐喻怜爱的深。⑨望飞鸿：盼望音信。⑩青楼：油漆成青色的楼。唐朝以前的诗中一般用来指女子的住处。⑪“卷帘”二句：卷帘眺望，只看见高高的天空和不断荡漾着碧波的江水。

名家点评

言情之绝唱。

——［清］陈祚明《采菽堂古诗选》

续续相生，连跗接萼，摇曳无穷，情味愈出。

——［清］沈德潜《古诗源》

这首诗写一个女子对所欢的思和忆。开头说她忆起梅落西洲那可纪念的情景，便寄一枝梅花给在江北的所欢，来唤起他相同的记忆，以下便写她从春到秋，从早到晚的相思。诗中有许多词句表明季节，如“折梅”表早春，“单衫”表春夏之交，“采红莲”应在六月，“南塘秋”该是早秋（因为还有“莲花过人头”），“弄莲子”已到八月，“鸿飞满西洲”便是深秋景象。

——余冠英《汉魏六朝诗选》

在狱咏蝉

［唐］骆宾王

作品导读

唐高宗仪凤三年（678），屈居下僚十多年、刚刚升为侍御史的骆宾王因上疏论事触忤武后，遭诬，被以贪赃罪名下狱。身陷囹圄的诗人，看到高唱的秋蝉，黯然自伤，心中无限凄恻。何人能替对国家一片忠有之忱的自己雪冤？想自己有君子高行，敢抗上司，敢动刀笔，反被诬陷入狱，最终只能如屈原在《离骚》中那样慨叹："世混浊而不分兮，好蔽美而嫉妒。"在这悲叹与长吟中，我们听到了诗人不以世俗更易秉性、宁饮坠露也要保持"韵姿"的高洁心志。诗中虽然写蝉，却无一不是写自己，达到了物我一体的境界，是咏物诗中的名作。

除此诗外，虞世南的《蝉》、李商隐的《蝉》，都是唐代托咏蝉以寄情的名作，这三首诗被誉为"咏蝉三绝"。

关于作者

骆宾王（约619—约687），字观光，婺州义乌人（今浙江义乌），唐初诗人，与王勃、杨炯、卢照邻合称"初唐四杰"。

西陆蝉声唱，南冠客思侵[①]。
那堪玄鬓影，来对白头吟[②]。
露重飞难进，风多响易沉。
无人信高洁，谁为表予心[③]？

①西陆：指秋天。南冠：楚冠，后泛指囚犯。侵：侵扰，一作“深”。②玄鬓：指蝉的黑色翅膀，这里比喻自己正当盛年。那堪：一作“不堪”。白头吟：乐府曲名。《乐府诗集》解题说是鲍照、张正见、虞世南诸作，皆自伤清直却遭诬谤。两句意谓，自己正当玄鬓之年，却来默诵《白头吟》那样哀怨的诗句。③高洁：清高洁白。古人认为蝉栖高饮露，是高洁之物。作者因以自喻。

名家点评

次句映带“在狱”。三、四流水对，清利。五、六寓所思，深婉。尾“表”字应上“侵”字，“心”字应“思”字，有情。咏物诗，此与《秋雁》篇可称绝唱。

——［明］周　珽《唐诗选脉会通评林》

《三百篇》比兴为多，唐人犹得此意。同一咏蝉，虞世南“居高声自远，非是藉秋风”，是清华人语；骆宾王“露重飞难进，风多响易沉”，是患难人语；李商隐“本以高难饱，徒劳恨费声”，是牢骚人语。比兴不同如此。

——［清］施补华《岘佣说诗》

以蝉自喻，语意沉至。

——高步瀛《唐宋诗举要》

滕王阁诗①

［唐］王 勃

作品导读

提及王勃，必言他的典范之作《滕王阁序》。唐高宗上元三年（676），王勃远道去交趾探父，途经洪州（今江西南昌），参与阎都督宴会，即席作《滕王阁序》，序末“四韵俱成”一句中的“四韵”即指此诗。

高耸的滕王阁俯临赣江，当年的情景是何等繁盛，岁月推移，那些挂着玉佩、坐着鸾铃马车的滕王的宾客们已逝，歌舞欢宴的豪华场面一去不复返。没有了轻歌曼舞，没有了人头攒动，只有南浦的轻云围绕雕梁画栋，西山细雨打湿着珠帘。世事变迁，繁华难久，淡淡闲云、悠悠潭影无声诉说着历史的沧桑，唯有自然奔流的江水是人类历史的永恒见证。诗中的“阁、江、栋、帘、云、雨、山、浦、潭影”，与“日悠悠、物换、星移、几度秋、今何在”恰如时空融合，兴衰喟叹寄慨遥深，与《滕王阁序》可谓双璧同辉、相得益彰。

关于作者

王勃（约650—约676），字子安，古绛州龙门（今山西河津）人，出身儒学世家，与杨炯、卢照邻、骆宾王并称为“初唐四杰”。王勃在诗歌上擅长五律和五绝，代表作品有《送杜少府之任蜀州》；主要文学成就是骈文，代表作有《滕王阁序》等。

滕王高阁临江渚，佩玉鸣鸾罢歌舞[2]。
画栋朝飞南浦云，珠帘暮卷西山雨[3]。
闲云潭影日悠悠，物换星移几度秋。
阁中帝子今何在？槛外长江空自流[4]。

①滕王阁：故址在今江西南昌赣江之滨，江南三大名楼之一。②江：指赣江。渚：江中小洲。“佩玉”句：是说此阁本是滕王欣赏歌舞的场所，滕王去后歌舞也停止了。佩玉鸣鸾：身上佩戴的玉饰、响铃。③“画栋”二句：写滕王去后阁中的冷落。南浦：地名，在南昌市西南。浦：水边或河流入海的地方（多用于地名）。西山：南昌名胜。④帝子：指滕王李元婴。槛（jiàn）：栏杆。

名家点评

流丽而深静，所以为佳，是唐人短歌之绝。

——［明］高　棅《增定评注唐诗正声》

周敬云：次联秀颖，结语深致，法力的的双绝。

——［明］周　珽《唐诗选脉会通评林》

三、四高迥，实境自然，不作笼盖语致。文虽四韵，气足长篇。

——［明］陆时雍《唐诗镜》

浏利雄健，两难兼者兼之。“佩玉鸣鸾”四字以重得轻。

——［清］王夫之《唐诗选评》

王子安《滕王阁》诗，俯仰自在，笔力所到，五十六字中，有千万言之势。

——［清］周　容《春酒堂诗话》

和晋陵陆丞早春游望①

［唐］杜审言

作品导读

杜审言和“初唐四杰”是同时代人，他在唐高宗咸亨元年（670）中进士后，仕途失意，一直充任县丞、县尉之类的小官。此诗写于永昌年间，此时正是早春时节，生机勃发，而作者已经宦游在外20余年，离乡背井，远离京洛，仕途失意之情和思恋家乡之情因陆丞诗作《早春游望》而被勾起，于是起而唱和。

在初唐诗作中，此诗从体例上看韵脚分明，平仄和谐，对仗工整，已是成熟的律诗作品。从结构上看，首联一个意群，颔联、颈联一个意群，尾联又一个意群，并且首尾呼应、中间展开。这种行文方式是初唐律诗乃至此后唐律中常用的格式，可谓初唐时期完成近体诗体式定格的奠基之作，具有开源辟流的意义。

关于作者

杜审言（约645—约708），字必简，襄州襄阳（今湖北襄阳）人，与李峤、崔融、苏味道被称为“文章四友”，是唐代“近体诗”的奠基人之一。他的作品多朴素自然，其五言律诗格律严谨，有《杜审言诗集》传世。

独有宦游人，偏惊物候新。
云霞出海曙，梅柳渡江春②。
淑气催黄鸟，晴光转绿蘋③。
忽闻歌古调，归思欲沾巾④。

①和：唱和，指用诗应答。晋陵：现江苏省常州市。②“梅柳”句：是说春满江南江北。③淑气：和暖的天气。蘋（pín）：水草名，俗称田字草。④古调：指陆丞写的诗，即题目中的《早春游望》。

名家点评

律诗初变，大率中四句言景，尾句乃以情缴之。起句为题目。审言于少陵为祖，至是始千变万化云。起句喝咄响亮。

——［元］方　回《瀛奎律髓》

妙在“独有”“忽闻”四虚字。

——［明］杨　慎《升庵诗话》

三、四如精金百炼。“云霞出海曙，梅柳渡江春”，“曙”“春”一字句，古人琢意之妙，起结意势冲盈。

——［明］陆时雍《唐诗镜》

此诗为游览之体，实写当时景物。而中四句“出”字、“渡”字、“催”字、“转”字，用字之妙，可为诗眼。春光自江南而北，用“渡”字尤精确。

——俞陛云《诗境浅说》

度大庾岭

［唐］宋之问

作品导读

从颇得宠幸的朝臣，到一朝获罪贬谪、发配岭南，诗人将从人生高峰跌入深谷的凄楚悲凉，在前往所贬之地路经大庾岭时吟咏而出。

过了梅岭之巅，就要走出中原、远离故国，此去祸福难料，又归期难望。此时，在尚能回望之际，把家园收进眼底心上。向南飞翔的故乡之鸟，岭北绽放春光的梅花，可曾体谅被贬之人的失魂落魄？送别的山雨初停，江中云影欲染飞霞，且从这山水景象中顿挫情绪，带着回还的希望和拳拳之心越岭而去。

此诗被赞是一首成熟的五言律诗，堪称“示后进以准”的佳作。

关于作者

宋之问（约656—约712），字延清，一名少连，汾州（今山西汾阳市）人，与沈佺期并称“沈宋”。有《宋之问集》传世。

度岭方辞国，停轺一望家①。
魂随南翥鸟，泪尽北枝花②。
山雨初含霁，江云欲变霞③。
但令归有日，不敢恨长沙④。

①岭：指大庾岭，也称梅岭。国：国都，指长安。轺（yáo）：只用一马驾辕的轻便马车。②翥（zhù）：鸟向上飞举。北枝花：大庾岭北的梅花。③霁：雨（或雪）止天晴。④长沙：用西汉贾谊故事。谊年少多才，文帝欲擢拔为公卿。因老臣谗害，谊被授长沙王太傅（汉代长沙国，今湖南长沙市一带）。《史记·屈原贾生列传》载，贾谊“闻长沙卑湿，自以寿不得长，又以谪去。意不自得”。

名家点评

恨在“不敢”二字。

——［明］钟　惺《唐诗归》

钟惺曰：三、四沉痛，情至之音，不关典色。第六亦是异句，结怨而不怒，得诗人温厚之旨。陈度远曰：辞苦思深，不堪多读。“雨含霁”“云变霞”写景已别，着“初”“欲”二字更极作致。

——［清］卢麰、王溥《闻鹤轩初盛唐近体读本》

吴汝纶曰：（魂随南翥鸟，泪尽北枝花）情景交融，杜公常用此法。

——高步瀛《唐宋诗举要》

感遇三十八首（其三十五）

［唐］陈子昂

作品导读

据《旧唐书·列传第一百四十》载："（陈子昂）家世富豪，子昂独苦节读书，尤善属文。"身为贵公子又才华横溢的陈子昂未习于安常顺处，而是仗剑千里，开启了他的第一次出征边塞之行。

目睹了西北边塞政军的危急形势，舍身为国的情怀激荡于心，诗人一表呈于武则天，陈言边塞将领腐败，"至将不选，士卒不练"。回想自己随军远征的所见所闻，遥思远古以来的边事，对西北边患的忧虑愈发深切。边患频仍，百姓苦难无尽，谁能记住过去边塞的灾祸，回应陈子昂心中慷慨报国的热忱呢？全诗刚健雄放，势如贯珠，气韵畅达，堪称边塞诗的佳作。

诗人刚完成《感遇》三十首时，京兆司功王适看后惊呼："此子必为天下文宗矣！"一组感于平生所遇的《感遇》是陈子昂一生创作的荟萃，也是诗人一生忧国忧民、奋斗不息的绝佳记录。

关于作者

陈子昂（约661—702），字伯玉，梓州射洪（今属四川）人，初唐诗文革新人物之一。因曾任右拾遗，后世又称他"陈拾遗"，存诗100多首，其诗风骨峥嵘，寓意深远，苍劲有力。

本为贵公子，平生实爱才。
感时思报国，拔剑起蒿莱①。
西驰丁零塞，北上单于台②。
登山见千里，怀古心悠哉。
谁言未忘祸，磨灭成尘埃③。

①蒿莱：草野之间的意思。②丁零：古代北方种族名。单于台：《汉书·武帝纪》云“帝出长城，北登单于台”。台之故址在今内蒙古自治区呼和浩特西。③“谁言”二句：慨叹人们未能从古代边患的历史中吸取教训，这些教训已随历史变成尘埃而被人们遗忘！祸：指边患。

名家点评

终古立忠义，感遇有遗编。

——［唐］杜　甫《陈拾遗故宅》

国朝盛文章，子昂始高蹈。

——［唐］韩　愈《荐士》

唐初王、杨、沈、宋擅名，然不脱齐梁之体，独陈拾遗首倡高雅冲淡之音，一扫六代之纤弱，趋于黄初、建安矣。

——［南宋］刘克庄《后村诗话》

春江花月夜

［唐］张若虚

作品导读

朦胧的月光，如薄薄的纤纱，笼住静静的春江、春花、春夜，还有那在月楼上盼君归来的多情思妇……缕缕歌章唱的都是诗人曲婉的离愁，无尽的哲思。这一切组成一首柔柔的小夜曲，浮于春江之上，如幽幽的荷香飘于流水上。

一生只留下两首诗的张若虚，因为《春江花月夜》而“孤篇横绝，竟为大家”（清人王闿运）。千百年来，无数的文人墨客为之倾倒。闻一多先生更是称誉这首诗为“诗中的诗，顶峰中的顶峰”。

关于作者

张若虚，生卒年不详，扬州（今属江苏扬州）人，存诗仅2首。

春江潮水连海平，海上明月共潮生。
滟滟随波千万里，何处春江无月明①。
江流宛转绕芳甸，月照花林皆似霰②。
空里流霜不觉飞，汀上白沙看不见③。
江天一色无纤尘，皎皎空中孤月轮。
江畔何人初见月，江月何年初照人？
人生代代无穷已，江月年年只相似。
不知江月待何人，但见长江送流水。
白云一片去悠悠，青枫浦上不胜愁④。
谁家今夜扁舟子？何处相思明月楼⑤？
可怜楼上月徘徊，应照离人妆镜台。
玉户帘中卷不去，捣衣砧上拂还来⑥。
此时相望不相闻，愿逐月华流照君⑦。
鸿雁长飞光不度，鱼龙潜跃水成文⑧。
昨夜闲潭梦落花，可怜春半不还家⑨。
江水流春去欲尽，江潭落月复西斜。
斜月沉沉藏海雾，碣石潇湘无限路⑩。
不知乘月几人归，落月摇情满江树⑪。

①滟（yàn）滟：波光荡漾的样子。②芳甸（diàn）：芳草丰茂的原野。甸：郊野。霰：雪珠。形容月光下春花晶莹洁白。③流霜：飞霜，古人以为霜和雪一样，是从空中落下来的，所以叫流霜。在这里比喻月光皎洁。④青枫：暗用《楚辞·招魂》“湛湛江水兮上有枫，目极千里兮伤春心”的意思。浦：水口，有分别之意。《九歌·河伯》：“送美人兮南浦。”⑤“谁家”句：是说谁家今夜有扁舟在外之人。明月楼：指

思妇的闺楼。曹植《七哀诗》："明月照高楼，流光正徘徊。上有愁思妇，悲叹有余哀。"⑥卷不去：指月光。下句"拂还来"同。⑦逐：随。月华：月光。⑧"鸿雁"句：写月光下一片无边的世界。这时鸿雁不停地长飞，仍然飞不出无边的月光去。"鱼龙"句：写水被月光照得透明，可以看见水底鱼龙泛起的波纹。⑨"昨夜"句：写思妇梦见落花，有美人迟暮之感。⑩碣石：山名，在渤海边上。碣石潇湘：泛指天南地北。⑪"不知"二句：不知有几个人能趁月落之前归来。摇情：落月的最后光辉摇动起满树的月影，象征着离人的情意。

名家点评

浅浅说去，节节相生，使人伤感，未免有情、自不能读，读不能厌。将"春江花月夜"五字炼成一片奇光，分合不得，真化工手。

——［明］钟　惺、谭元春《唐诗归》钟惺评

起用出生法，将春、江、花、月逐字吐出；结用消归法，又将春、江、花、月逐字收拾。……此诗如连环锁子骨，节节相生，绵绵不断，使读者眼光正射不得，斜射不得，无处寻其端绪。"春江花月夜"五个字，各各照顾有情。诗真绝诗，才真绝才也。

——［清］徐　增《而庵说唐诗》

在这种诗面前，一切的赞叹是饶舌，几乎是亵渎。……这是诗中的诗，顶峰上的顶峰。孤篇压唐。

——闻一多《宫体诗的自赎》

感遇十二首（其一）

［唐］张九龄

作品导读

张九龄是有胆识、有才华的政治家，贤明正直，辅佐玄宗实现“开元盛世”，但晚年遭诽谤中伤，受到沉重打击，由尚书右丞相被贬为荆州长史。到荆州之后，他忧愤交集，写下十二首《感遇》。

即使一腔隐衷，苦闷忧心，诗人却在和平温雅、不激不昂的吟咏中为自己种下一株兰桂，逢春而葳蕤，遇秋而皎洁。这生命的活力，乃是它们自身固有，不假外求。诗人言“何求”，自荣而不媚，还是一身坚贞耿介的君子风骨。

关于作者

张九龄（678—740），字子寿，一名博物，谥文献，韶州曲江（今广东省韶关市）人，世称“张曲江”或“文献公”，被誉为“岭南第一人”。有《曲江集》传世。

兰叶春葳蕤，桂华秋皎洁[1]。
欣欣此生意，自尔为佳节[2]。
谁知林栖者，闻风坐相悦[3]。
草木有本心，何求美人折[4]？

①葳蕤（wēi ruí）：枝叶茂盛下垂的样子。华：通“花”。②自尔：自然地。③林栖者：栖身于山林间的人，指隐士。闻风：指仰慕兰桂芳洁的风尚。坐：因而。④本心：指天性。美人：指林栖者。

名家点评

诗罢地有余，篇终语清省。

——［唐］杜　甫《八哀·故右仆射相国张公九龄》

曲江诸作，含清拔于绮绘之中，寓神俊于庄严之内。

——［明］胡应麟《诗薮》

粤人以诗为诗，自曲江始；以道为诗，自白沙始。

——［清］屈大均《广东新语·诗语》

夏日南亭怀辛大①

[唐] 孟浩然

作品导读

夕阳西下，素月东升。夏日沐浴之后，洞开庭户，散发不梳，随意靠窗而卧，恰享闲情适意。夜晚的清风徐徐拂来，风中荷香清淡细微；竹叶随风轻曳，偶尔听到滴下的露珠落至池面，是清脆的天籁。细香可嗅，滴水可闻，仿佛此处更无声息。心动欲去琴抚曲，却微澜顿起，牵惹起恨无知音的淡淡怅惘。这个夏夜，定会有怀想的故人来访梦乡了。

诗人皮日休评孟浩然诗作“遇景入咏，不拘奇抉异”，虽只就闲情逸致做轻描淡写，却往往能引人渐入佳境，“一时叹为清绝”（沈德潜）。《夏日南亭怀辛大》即有此特色。

关于作者

孟浩然（689—740），字浩然，襄州襄阳（今湖北襄阳）人，世称“孟襄阳”，又称“孟山人”。他以写山水田园诗为主，风格清淡自然，与王维合称为“王孟”。有《孟浩然集》传世。

山光忽西落，池月渐东上[②]。
散发乘夕凉，开轩卧闲敞[③]。
荷风送香气，竹露滴清响。
欲取鸣琴弹，恨无知音赏[④]。
感此怀故人，中宵劳梦想[⑤]。

①辛大：孟浩然的朋友，排行老大，名不详。②山光：已经开始落山的日光。池月：池边月色。③轩：窗。④鸣琴：琴。用阮籍《咏怀》“夜中不能寐，起坐弹鸣琴”诗意。恨：遗憾。⑤中宵：整夜。劳：苦于。梦想：想念。

名家点评

起处似陶，清景幽情，洒洒楮墨间。

——［南宋］刘辰翁《王孟诗评》

陈继儒曰：风入松而发响，月穿水而露痕，《兰山》《南亭》二诗深静，真可水月齐辉，松风比籁。

——［明］周　珽《唐诗选脉会通评林》

“卧闲敞”字甚新奇。“荷风”二句一读，使人神思清旷。

——［清］吴煊、胡棠辑注《唐贤三昧集笺注》

“荷风”“竹露”亦凡写夏景者所当有，妙在“送”字“滴”字耳。

——［清］宋宗元《网师园唐诗笺》

出塞（其二）

[唐] 王昌龄

作品导读

城头战鼓擂，带血的战刀在月下泛寒，刀鞘的血迹未干。天将破晓，他豪气未消，金戈铁马的声音仿若仍环绕耳旁，征战正酣，莫等闲。胯下的枣红马发出一声嘶吼，好似懂他一般，一跃而起，傲然向前。

谁人不曾想，孤胆入敌营，千军万马中擒贼擒王？谁人不曾想，横刀立马仰天长啸，豪情万丈长？战旗飘飘，最骄傲，是王者唇畔那抹志在必得的微笑。

关于作者

王昌龄（698—756），字少伯，河东晋阳（今山西太原）人，著名边塞诗人，后人誉为“七绝圣手”，尤以登第之前赴西北边塞所作边塞诗最著，有“诗家夫子王江宁”之誉。因曾任龙标尉，又称“王龙标”。作品有《王昌龄集》。

骝马新跨白玉鞍[①]，
战罢沙场月色寒[②]。
城头铁鼓声犹振[③]，
匣里金刀血未干。

①骝（liú）马：黑鬣黑尾巴的红马，骏马的一种。新：刚刚。②沙场：指战场。③振：响。

名家点评

元嘉以还四百年内，曹刘陆谢，风骨顿尽。顷有太原王昌龄、鲁国储光羲颇从厥游，且两贤气同体别。而王稍声峻。

——［唐］殷　璠《河岳英灵集》

人知王孟（王维和孟浩然）出于陶，不知细读储光羲及王昌龄诗，浑厚处益见陶诗渊源脉络。善学陶者宁从二公入，莫从王孟入。

——［明］钟　惺、谭元春《唐诗归》

王龙标七言绝句自是唐人骚语，深情苦恨，襞积重重，使人测之无端，玩之无尽，惜后人不善读耳。

——［明］陆时雍《诗镜总论》

从军行（其一）

［唐］王昌龄

作品导读

“鸡栖于埘，日之夕矣，羊牛下来。君子于役，如之何勿思！”四顾茫然，丝丝缕缕入心的是那远远飘过来的笛声，如泣如诉，闻者心伤，听者垂泪，而那吹笛人呢，又何尝不是和着眼泪以声音诉说呢？

秋夜远，独坐凄凉，回望边地戍楼，他自己一个人坐在城墙上，暮色从他的肩头，沉沉地落下去，落下去……

烽火城西百尺楼[1]，
黄昏独坐海风秋[2]。
更吹羌笛关山月[3]，
无那金闺万里愁[4]。

①烽火城：边境上设置烽候（烽火台）的城。楼：指戍楼。②海：指青海湖。③关山月：乐府横吹曲名，多写征戍离别之情。④无那：无奈。金闺：华美的闺阁，这里指妻子。

名家点评

龙标七绝妙在全不说出，读未毕而言外目前可思可见矣，然亦终说不出。

——［明］钟　惺、谭元春《唐诗归》

七言绝句少伯与太白争胜毫厘，俱是神品。

——［明］王世贞《艺苑卮言》

绝句之源出于乐府，贵有风人之致，其声可歌，其趣在有意无意之间，使人无处捉着。盛唐唯青莲、龙标二家诣极。

——［明］王世懋《艺圃撷余》

龙标绝句，深情幽怨，意旨微茫，令人测之无端，玩之无尽。

——［清］沈德潜《唐诗别裁》

少年行（其一、其二）

［唐］王维

作品导读

双眸分明仍显稚嫩，肩膀不宽，但腰板却挺得笔直，坚定的目光望向漫漫远方，而那瘦削的肩膀硬得仿若可以挑起整个国家的重担。于是，在这样的眼眸中，一切的一切都灰飞烟灭，所有的所有都坚定不移。

呼啸的狂风啊，请听我内心的怒吼；边关的明月啊，请照亮我澎湃的脸庞！谈笑间，樯橹灰飞烟灭，侠肝义胆，八千里路云和月，看少年！

《少年行》是组诗作品，从不同的侧面描写了一群急人之难、豪侠任气的少年英雄，对游侠意气进行了热烈的礼赞，表现出盛唐社会游侠少年踔厉风发的精神面貌、生活道路和成长过程，从中能感受到王维早年诗歌创作的雄浑劲健的风格和浪漫气息。

关于作者

王维（701—761，一说699—761），字摩诘，号摩诘居士，河东蒲州（今山西运城）人，诗人、画家，世称“王右丞”，与孟浩然合称“王孟”。有《王摩诘文集》传世。

其一

新丰美酒斗十千①，
咸阳游侠多少年②。
相逢意气为君饮③，
系马高楼垂柳边。

①斗：酒器。曹植《名都篇》："归来宴平乐，美酒斗十千。"②咸阳：秦的都城，这里指长安。③"相逢"句：游侠相逢为彼此意气相投而豪饮。

其二

出身仕汉羽林郎①，
初随骠骑战渔阳②。
孰知不向边庭苦，
纵死犹闻侠骨香③。

①羽林郎：汉代皇家禁卫军官名，在此以汉喻唐。②骠（piào）骑：指霍去病，曾任骠骑将军。渔阳：古幽州，今河北蓟县一带，汉时与匈奴经常接战的地方。③"孰知"二句：是说少年深深知道不宜去边庭受苦，但是，少年的想法是哪怕死在边疆上，还可以流芳百世。孰知：深知。

名家点评

《少年行》是王维的七绝组诗，共四首。分咏长安少年游侠高楼纵饮的豪情、报国从军的壮怀、勇猛杀敌的气概和功成无赏的遭遇。各首均可独立，合起来又是一个整体，好像人物故事衔接的四扇画屏。

——《唐诗鉴赏辞典》

辋川闲居赠裴秀才迪①

[唐]王　维

作品导读

秋之澄澈，我不说，你亦懂。

多么像这些荡漾着墨香的文字，在你的眼中，变成渡口的夕阳、墟里的炊烟、深秋的寒山、苍翠的绿水。而我，倚杖柴门外，化身为千年前的裴迪，与摩诘迎风而立，柴门、暮蝉、晚风，看渡头的落日，从他肩上滑落。炊烟袅袅，流水潺潺，而我们都不忍离去，亦不忍打扰。天下之乐，莫乎清风流水；人间之乐，莫乎于此了。倚杖柴门，临风听蝉，酒不醉人，人自醉。

《新唐书·王维传》云：“别墅在辋川，地奇胜……与裴迪游其中，赋诗相酬为乐。”这首诗即与裴迪相酬为乐之作。全诗风光无限，加之人物疏狂，叫人倍感情趣陶然！

寒山转苍翠，秋水日潺湲[2]。
倚杖柴门外，临风听暮蝉。
渡头余落日，墟里上孤烟[3]。
复值接舆醉，狂歌五柳前[4]。

①辋川：水名，在今陕西省蓝田县南终南山下。山麓有宋之问的别墅，后归王维。王维在那里住了30多年，直至晚年。裴迪：王维的好友，与王维唱和较多。②潺湲（chán yuán）：水流声。③渡头：渡口。墟里：村落。孤烟：直升的炊烟。④接舆：春秋楚隐士，装狂遁世。在这里是代指裴迪。五柳：即五柳先生陶渊明。这是诗人自比。值：遇到。

名家点评

淡宕闲适，绝类渊明。——［明］周　珽《唐诗选脉会通评林》

“转”字妙，于“寒山”有情。

——［明］钟　惺、谭元春《唐诗归》钟惺评

通首都有“赠”意在言句文身之外，不可徒以结用两古人为赠也。楚狂、陶令俱凑手偶然，非着意处，以高洁写清幽，故胜。——［清］王夫之《唐诗评选》

虚实相间格。一二五六用实，三四七八用虚，相间成篇。

——［清］黄　生《唐诗矩》

对起，上句尤妙，此从陶出。“渡头余落日，墟里上孤烟”。景色可想。顾云：一时情景，真率古淡。

——［清］吴　煊、胡棠辑注《唐贤三昧集笺注》

汉江临眺

[唐] 王维

作品导读

那日，我泛舟五湖之上，纵目远望，茫茫江水汹涌而来，穿过我的身体，又滔滔而去。浩渺辽远，仿若狂奔到天地外了。闭上眼睛，感受江风刮过面颊的触痛感，小舟上下随浪而涌动。

水，不可抑止，一泻万里；风，亦不肯停歇，呼啸天地。所以游目骋怀，两岸的青山亦模糊了，乱了，都乱了。不清楚到底滂沱的是江水，还是我心；不知道澎湃的是云浪，还是我情。所以迷醉，所以玄远，所以无可穷尽也。

唐玄宗开元二十八年（740），时任殿中侍御史的王维，因公务去南方，途经襄阳欣赏汉江景色，一巨幅水墨山水由此在诗中展开。

楚塞三湘接，荆门九派通①。
江流天地外，山色有无中。
郡邑浮前浦，波澜动远空②。
襄阳好风日，留醉与山翁③。

①楚塞：泛指楚的四境。三湘：漓湘、蒸湘、潇湘总称三湘。古诗文中，三湘一般泛称今洞庭湖南北、湘江一带。荆门：山名，在今湖北宜都西北的长江南岸，战国时为楚之西塞。九派：指长江的九条支流。②郡邑：指汉水两岸的城镇。浦：水边。③山翁：指山简，晋代竹林七贤之一山涛的幼子，西晋将领，镇守襄阳，有政绩，好酒，每饮必醉。这里可能借指襄阳地方官。

名家点评

维诗词秀调雅，意新理惬，在泉为珠，着壁成绘，一句一字，皆出常境。——［唐］姚　璠《河岳英灵集》

味摩诘之诗，诗中有画。观摩诘之画，画中有诗。

——［北宋］苏　轼《东坡题跋·书摩诘〈蓝关烟雨图〉》

右丞此诗，中两联皆言景，而前联尤壮，足敌孟、杜《岳阳》之作。——［元］方　回《瀛奎律髓》

江流天地外，山色有无中，是诗家俊语，却入画三昧。

——［明］王世贞《弇州山人稿》

终南望余雪①

［唐］祖　咏

作品导读

西山已衔半边日，一场雪后，立于长安城头遥望，雪满终南山。阳岭雪色若有若无，阴岭则积雪尚余，恰似美人婆娑的倩影，犹抱琵琶半遮面一般亭亭而立。云，是流动中的飘逸；雪，是阳光照耀中的清丽。难得晴日，丛林明亮，翠色逼人，长天一何净！望积雪浮云端，胸中似有浩气腾起，壮志自凌然！

据《唐诗纪事》卷二十记载，这首诗是祖咏在长安应试时所写。按照规定，应该写成一首六韵十二句的五言排律，但他只写这四句就交卷了。有人问他为什么，他说："意尽。"这个不顾功名的做法虽然毁掉了一次考试，却成就了一首好诗，此诗被清代诗人王渔称为咏雪最佳作。

关于作者

祖咏，生卒年不详，洛阳（今河南洛阳）人，其《终南望余雪》和《望蓟门》两首诗最为著名。

终南阴岭秀②，
积雪浮云端。
林表明霁色③，
城中增暮寒。

①终南，山名，在唐都长安南面。②阴岭：北面的山岭，背向太阳，故曰阴。③林表：林外，林梢。霁色：雨雪后的阳光。霁：指雨雪后初晴。

名家点评

此首须看其安放题面次第，如月吐层云，光明渐现，闭目犹觉宛然也。此诗处处针线细密，真绣鸳鸯手也。……此外真更不能添一语也。

——［清］徐　增《而庵说唐诗》

古今雪诗，唯羊孚一赞，及陶渊明“倾耳无希声，在目皓已洁”，及祖咏“终南阴岭秀”一篇，右丞“洒空深巷静，积素广庭闲”，韦左司“门对寒流雪满山”句，最佳。

——［清］王士祯《渔洋诗话》

咏高山积雪，若从正面着笔，不过言山之高，雪之色，及空翠与皓素相映发耳。此诗从侧面着想，言遥望雪后南山，如开霁色，而长安万户，便觉生寒，则终南之高寒可想。用流水对句，弥见诗心灵活。且以霁色为喻，确是积雪，而非飞雪，取譬殊工。

——俞陛云《诗境浅说续编》

桃花溪①

［唐］张　旭

作品导读

山谷幽幽幽几许，桃花溪水缓缓流，哪里烦忧，其境若仙惹人留。

也许每个人的心中，都有一座桃花源，那里是清澈的溪水，漫天的桃花，夹岸数十里，落英缤纷。所以那里的鸟鸣格外空灵，那里的清风格外醉人，所谓清幽明丽，不过如此。我愿化作夹岸的一块石头，只静静地立在那里，在这溪水瞻仰的千年万年，看世事沧桑，红尘滚滚，那溪水依旧澄澈如初。

这是借陶潜《桃花源记》的意境而作的写景诗，创作于唐玄宗天宝年间，此时唐朝已经由繁盛走向衰败。张旭写这首诗时的心境应颇似陶渊明写《桃花源记》的心境吧。

关于作者

张旭（675—约750），字伯高，一字季明，吴县（今江苏苏州）人。他以草书著名，被尊为“草圣”，与李白诗歌、裴旻剑舞，并称“三绝”；与贺知章、张若虚、包融号称“吴中四士”；诗以七绝见长，书法与怀素齐名，并称“颠张醉素”。

隐隐飞桥隔野烟，
石矶西畔问渔船②。
桃花尽日随流水，
洞在清溪何处边③？

①桃花溪：水名，在湖南省桃源县桃源山下。②石矶（jī）：水中积石或水边突出的岩石、石堆。渔船：源自陶渊明《桃花源记》中的语句。③洞：指《桃花源记》中武陵渔人找到的洞口。

名家点评

四句抵得上一篇《桃花源记》。

——［清］蘅塘退士《唐诗三百首》

短短四句诗中，镜头由远而近，由实及虚，不断切换；而描写并不繁复，不过一溪一桥、一矶一船，淡淡几笔，有如白描，却有山有水、有动有静、有实有虚，有人物，也有故事。情趣横生，余音袅袅，算得上是唐绝中的佳品。

——《唐诗鉴赏辞典》

邯郸少年行①

［唐］高　适

作品导读

“立气齐，作威福，结私交，以立强于世者，谓之游侠。”曾经，亦想抱剑走天涯，日日痛饮美酒，兴来射猎西山，豪气万千冲云霄。无奈知心难觅，前路漫漫，浮云蔽日，当所有的火把被暗夜浇熄，内心的惆怅也如秋云暗日一般滋长了。

世态薄凉，我只有一身铮铮“气骨”，又能如何？故作旷达，亦难掩内心深处的愤懑，何日能展宏图、伸抱负？慨叹良久，谁人知？

关于作者

高适（约704—约765），字达夫、仲武，渤海郡蓨（今河北景县）人，著名的边塞诗人，世称“高常侍”，与岑参并称“高岑”，有《高常侍集》传世。

邯郸城南游侠子，自矜生长邯郸里[2]。
千场纵博家仍富，几度报雠身不死[3]。
宅中歌笑日纷纷，门外车马常如云[4]。
未知肝胆向谁是，令人却忆平原君[5]。
君不见今人交态薄，黄金用尽还疏索[6]。
以兹感叹辞旧游，更于时事无所求[7]。
且与少年饮美酒，往来射猎西山头。

①《邯郸少年行》：乐府旧题，属《杂曲歌辞》。②邯郸：战国时赵国的都城，今河北省邯郸市。自矜：自豪。③雠：同“仇”。④纷纷：热闹的意思。⑤“未知”二句：是说这邯郸游侠的宾客虽多，但都不可披肝沥胆，与图大事共患难，这就不能不令人想起当年的平原君来。平原君：赵胜，赵武灵王子，封平原，善养士，门客数千，是战国时“四公子”之一。⑥交态：交友的态度。交态薄：人情凉薄。疏索：寂寞孤独。⑦以兹：因此。旧游：旧友，指上述宾客。

名家点评

适诗多胸臆语，兼有气骨。——［唐］殷　璠《河岳英灵集》

高岑之诗悲壮，读之使人感慨。——［南宋］严　羽《沧浪诗话》

常侍朔气纵横，壮心落落，抱瑜握瑾，沉浮闾巷之间，殆侠徒也。故其为诗，直举胸臆，摹画景象，气骨琅然，而词锋华润，感赏之情，殆出常表。——［明］徐献忠《唐诗品》

高达夫调响而急。——丁福保辑《历代诗话续编》

关山月

[唐] 李白

作品导读

他，只是一名再普通不过的戍边将士。匆匆的行军途中，他的脸隐没在人潮中，几乎没有人注意到，他紧紧皱起的眉头。汹涌的思家之情几乎将他淹没，他只是木然地走着，随着大军，一步一步。

也只有在晚上月亮升起的时候，他才敢把脸抬起来，让月亮读他的心事，万水千山，载着他的无奈和悲哀归去。因为千万里之外，她在倚楼凭栏盼他归去，温暖的烛光下，他不再只是一名普通的士兵，因为在家人的眼里，他就是全世界。

离人思妇之情，在一般诗人笔下，往往写得纤弱和过于愁苦，与之相应，境界也往往狭窄，但李白却用“明月出天山，苍茫云海间。长风几万里，吹度玉门关”的万里边塞图景来引发这种感情。只有胸襟如李白这样浩渺的人，才会如此下笔。

关于作者

李白（701—762），字太白，号青莲居士，又号“谪仙人”，伟大的浪漫主义诗人，被后人誉为“诗仙”。与杜甫并称为“李杜”。有《李太白集》传世。

明月出天山，苍茫云海间。
长风几万里，吹度玉门关。
汉下白登道，胡窥青海湾[2]。
由来征战地，不见有人还。
戍客望边色，思归多苦颜。
高楼当此夜，叹息未应闲[3]。

①关山月：乐府旧题，属横吹曲辞，多抒离别哀伤之情。②下：指出兵。胡：此指吐蕃。窥：有所企图。③高楼：古诗中多以高楼指闺阁，这里指戍边兵士的妻子。

名家点评

气盖一世。

——［南宋］胡仔《苕溪渔隐丛话前集》卷五引吕祖谦语

浑雄之中，多少闲雅。

——［明］胡应麟《诗薮》

朗如行玉山，可作白自道语。格高气浑，双关作收，弥有逸致。

——［清］清高宗（爱新觉罗·弘历）敕编《唐宋诗醇》

庐山谣寄卢侍御虚舟①

［唐］李 白

作品导读

犹记得，孔子曾去楚国，游说楚王，接舆在他车旁唱道：“凤兮凤兮，何德之衰？往者不可谏，来者犹可追！已而！已而！今之从政者殆而！”而如今，我不羡慕他四处游说，只笑孔夫子也太过一厢情愿，世事已如此，何不放浪形骸，潇洒天地间？

登高，而天地揽于怀中；远游，则雄奇皆入目。盛世不再，何不超脱现实，何不邀卢共做神仙之游？茫茫长江，苍苍大地，白云滚滚，浪潮涌动，所以逸兴遄飞，心随身动，亦不知其所终，快哉，快哉！

本诗为七言歌行体，作于唐肃宗上元元年（760），即诗人流放夜郎途中遇赦回来的次年。李白遇赦后从江夏（今湖北武昌）往浔阳（今江西九江）重游庐山时，作此诗寄卢虚舟。当时李白已经历尽磨难，却始终不愿向折磨他的现实低头，求仙学道的心情更加迫切。

我本楚狂人，凤歌笑孔丘②。
手持绿玉杖，朝别黄鹤楼③。
五岳寻仙不辞远，一生好入名山游。
庐山秀出南斗傍，屏风九叠云锦张④，影落明湖青黛光。
金阙前开二峰长，银河倒挂三石梁⑤。
香炉瀑布遥相望，回崖沓嶂凌苍苍⑥。
翠影红霞映朝日，鸟飞不到吴天长⑦。
登高壮观天地间，大江茫茫去不还。
黄云万里动风色，白波九道流雪山⑧。
好为庐山谣，兴因庐山发。
闲窥石镜清我心，谢公行处苍苔没⑨。
早服还丹无世情，琴心三叠道初成⑩。
遥见仙人彩云里，手把芙蓉朝玉京⑪。
先期汗漫九垓上，愿接卢敖游太清⑫。

①谣：不合乐的歌，一种诗体。卢侍御虚舟：卢虚舟，唐肃宗时曾任殿中侍御史，相传“操持有清廉之誉”，曾与李白同游庐山。②楚狂人：春秋时楚人陆通，字接舆，因不满楚昭王的政治，佯狂不仕，时人谓之“楚狂”。凤歌笑孔丘：接舆劝孔子事。这里李白以陆通自比，表达对政治的不满，要像楚狂那样游览名山过隐居的生活。③绿玉杖：镶有绿玉的杖，传为仙人所用。④南斗：即南斗星宿。古天文学家认为浔阳属南斗分野（古时以地上某些地区与天上某些星宿相应叫分野）。这里指秀丽的庐山之高，突兀而出。屏风九叠：指庐山五老峰东的九叠屏，因山九叠如屏而得名。⑤金阙（què）：借指庐山石门。庐山西南有铁船峰和天池山，二山对峙，形如石门。三石梁：指屏风叠左边的三叠泉，

泉水三叠而下，好像经过三座石桥。⑥香炉：南香炉峰。瀑布：黄岩瀑布。回崖沓（tà）嶂：曲折的山崖，重叠的山峰。凌：凌驾。苍苍：青天。⑦“鸟飞”句：是说东吴望天，鸟飞不到的高空寥廓悠长。⑧“白波”句：是说长江至浔阳（今九江）分为九道，波涛滚滚，如雪上奔流。⑨“石镜”句：在石镜峰上，有一圆石悬岩，平净如镜，能照见人形。谢公：南朝谢灵运。谢灵运曾进彭蠡湖口，登庐山，有“攀崖照石镜”诗句，见《谢康乐集·入彭蠡湖口》。⑩还丹：道家炼丹，将丹烧成水银，积久又还成丹，故谓“还丹”。琴心三叠：道家修炼术语，一种心神宁静的境界。⑪玉京：传说元始天尊居处。道教称元始天尊在天中心之上，名玉京山。⑫汗漫：无边无际，意谓不可知，这里比喻神仙。九垓（gāi）：九天之外。卢敖：战国时燕国人。《淮南子·道应训》载，卢敖游北海，遇见一怪仙迎风而舞，想同他做朋友而同游，怪仙笑道：“吾与汗漫期于九垓之外，吾不可以久驻。”遂纵身跳入云中。太清：最高的天空。这两句以卢敖指卢虚舟，说自己先和不可知之者约会在九天之上，并愿接待卢敖共游太空。

名家点评

方外玄语，不拘流例。全篇开阖佚荡，冠绝古今。……又襟期雄旷，辞旨慨慷，音节浏亮，无一不可。结句非素胎仙骨，必无此诗。

——［明］高　棅《批点唐诗正声》

天马行空。不可羁绁。

——［清］清高宗（爱新觉罗·弘历）敕编《唐宋诗醇》

山中与幽人对酌①

［唐］李　白

作品导读

人生乐事，不外乎与志趣相投者语。听闻他要来，我备酒，于山花烂漫时等他。老朋友啦，当然不必拘礼，再不用对月独酌，影成三人。知己在侧，一杯一杯又一杯，今日，我们不醉不归！

将进酒，杯莫停。酒酣耳热，醉了醉了。拿酒来！再一杯。我余兴未尽，你且去，明朝我们再来，狂饮三百杯。

此饮酒诗词气风气，纯是歌行作风，亦是李白兴会淋漓之作，诗中那种随心所欲、恣情纵饮的神情，挥之即去、招则须来的声口，不拘礼节、自由随意的态度，向读者展现出一个极快意之情的独特李白。

两人对酌山花开，
一杯一杯复一杯。
我醉欲眠卿且去②，
明朝有意抱琴来。

①幽人：幽隐之人；隐士。此指隐逸的高人。《易·履》：“履道坦坦，幽人贞吉。”对酌：相对饮酒。②“我醉”句：此用陶渊明的典故。《宋书·陶渊明传》记载：陶渊明不懂音乐，但是家里收藏了一把没有琴弦的古琴，每当喝酒的时候就抚摸古琴；对来访者无论贵贱，有酒就摆出共饮，如果陶渊明先醉，便对客人说：“我醉欲眠，卿可去。”

名家点评

古者豪杰之士，高情远意，一寓之酒。存所感发，虽意于饮，而饮不能自已则又饮，至于三杯五斗，醉倒而后已。是不云尔，则不能形容酒客妙处。夫李白意先立，故七字六相犯（编者注：指“一杯一杯复一杯”一句），而语势益健，读之不觉其长。

——［北宋］胡　仔《苕溪渔隐丛话》

“我醉欲眠卿且去”固是醉中语，亦是幽人对幽人，天真烂漫，全忘却形迹周旋耳。幽意正浓，幽兴颇高，今日之饮，觉耳中不闻雅调，空负知音，大是憾事，君善琴，明日肯为我抱来一弹，才是有意于我。两个幽人何等缠绵亲切！刘仲肩曰：坦率之至，太古遗民。

——［清］刘宏煦《唐诗真趣编》

饮中八仙歌

[唐]杜甫

作品导读

如果真的有一条文化的长河，古往今来的圣人、豪杰、诗人缓缓走过，那么他们与酒的相遇，一定是这片河流中那些闪光的浪花。当酒遇知心人，知心人醉酒，无论癫傻痴狂，总不过三字——真性情。

史称李白与贺知章、李适之、李琎、崔宗之、苏晋、张旭、焦遂八人俱善饮，称为“酒中八仙人”，都在长安生活过，在嗜酒、豪放、旷达这些方面彼此相似。《饮中八仙歌》将八人从“饮酒”这个角度联系在一起，用追叙的方式，洗练的语言，人物速写的笔法，构成一幅栩栩如生的群像图。

这是一首别具一格、富有特色的“肖像诗”，大约是天宝五年（746）杜甫初到长安时所作，属于他青年时期的作品。这首诗在体裁上是一个创格：句句押韵，一韵到底；前不用起，后不用收；并列分写八人，句数多少不齐，但首、尾、中腰各用两句，前后或三或四，变化中仍有条理。正如王嗣奭所说：“此创格，前无所因。”它在古典诗歌中是别开生面之作。

关于作者

杜甫（712—770），字子美，生于河南巩县，自号少陵野老；曾任左拾遗，世称“杜拾遗”；曾任检校工部员外郎，又称“杜工部”。他是伟大的现实主义诗人，与李白合称“李杜”。他被后人称为“诗圣”，他的诗被称为“诗史”。有《杜工部集》传世。

知章骑马似乘船，眼花落井水底眠①。
汝阳三斗始朝天，道逢麴车口流涎，
恨不移封向酒泉②。
左相日兴费万钱，饮如长鲸吸百川，
衔杯乐圣称避贤③。
宗之潇洒美少年，举觞白眼望青天，
皎如玉树临风前④。
苏晋长斋绣佛前，醉中往往爱逃禅⑤。
李白斗酒诗百篇，长安市上酒家眠，
天子呼来不上船，自称臣是酒中仙⑥。
张旭三杯草圣传，脱帽露顶王公前，
挥毫落纸如云烟⑦。
焦遂五斗方卓然，高谈雄辩惊四筵⑧。

①知章：即贺知章，越州永兴（今浙江萧山）人，官至秘书监。性旷放纵诞，自号“四明狂客”，又称“秘书外监”。这两句写贺知章醉后骑马，摇摇晃晃，像乘船一样，醉眼昏花，跌落井中犹不自知，索性醉眠井底。这是夸张地形容其醉态。②汝阳：汝阳王李琎，唐玄宗的侄子。朝天：朝见天子。此谓李痛饮后才入朝。麴（qū）车：酒车。移封：改换封地。酒泉：郡名，在今甘肃酒泉。传说郡城下有泉，味如酒，故名酒泉。③左相：指左丞相李适之，天宝元年（742）八月为左丞相，天宝五年（746）四月为李林甫排挤罢相。长鲸：鲸鱼。古人以为鲸鱼能吸百川之水，故用来形容李适之的酒量之大。衔杯：贪酒。圣：酒的代称。《三国志·魏志·徐邈传》：尚书郎徐邈酒醉，校事赵达来问事，邈言“中圣人”。达复告曹操，操怒，鲜于辅解释说：“平日醉客，谓酒清者为圣人，酒浊者为贤人。”李适之罢相后，尝作诗云：“避贤初罢相，乐

圣且衔杯。为问门前客，今朝几个来?”此化用李之诗句，说他虽罢相，仍豪饮如常。④宗之：崔宗之，吏部尚书崔日用之子，袭父封为齐国公，官至侍御史，也是李白的朋友。觞：大酒杯。白眼：晋阮籍能做青白眼，青眼看朋友，白眼视俗人。玉树临风：崔宗之风姿秀美，故以玉树为喻。⑤苏晋：开元进士，曾为户部和吏部侍郎，长斋：长期斋戒。绣佛：画的佛像。逃禅：这里指不守佛门戒律。佛教戒饮酒。苏晋长斋信佛，却嗜酒，故曰“逃禅”。⑥范传正《李白新墓碑》载：玄宗泛舟白莲地，召李白来写文章，而这时李白已在翰林院喝醉了，玄宗就命高力士扶他上船来见。⑦张旭：吴人，唐代著名书法家，善草书，时人称为“草圣”。脱帽露顶：写张旭狂放不羁的醉态。据说张旭每当大醉，常呼叫奔走，索笔挥洒，甚至以头濡墨而书。醒后自视手迹，以为神异，不可复得。世称“张颠”。⑧焦遂：布衣之士，平民，以嗜酒闻名，事迹不详。卓然：神采焕发的样子。袁郊在《甘泽谣》中称焦遂为布衣。

名家点评

见开元太平人物之盛。

——［宋］何　汶《竹庄诗话》

蒋一梅曰：一篇凡八章，是传神写照语，得趣欲飞。陆时雍曰：创格既高，描神复妙。周珽曰：翠盘之舞，龙律之跃，鹅笼之书生，取盒之红线，合而为八仙之歌。开天落地异品。

——［明］周珽《唐诗选脉会通评林》

此创格，前无所因，后人不能学。描写八公都带仙气，而或二句、三句、四句，如云在晴空，卷舒自如，亦诗中之仙也。

——［明］王嗣奭《杜臆》

作古诗必有解数。兹将八人截然分开，竟作八解，一解中或二语，或三语，或四语，参差不恒，诗中传记手，亦乐府之支流也。

——［清］徐　增《而庵说唐诗》

此诗有二“眠”字，二“天”字，二“船”字，三“前”字。乃自为八章，非故作重韵也。此系创格，古未见其体，后人亦不能学。

——［清］吴震方《放胆诗》

无首无尾，章法突兀妙是，叙述不涉议论，而八人身份自见，风雅中司马太史也。

——［清］清高宗（爱新觉罗·弘历）敕编《唐宋诗醇》

李子德云：似颂似赞，只一、二语可得其人生平。

——［清］杨　伦《杜诗镜铨》

月夜

[唐]杜甫

作品导读

千古明月，万古愁。今夜的月，照进了杜甫眼里，少陵野老吞声哭，而今夜，他是那个远在他乡忆家的男子，也同千千万万的普通人一样。他想的是家中的妻子，不大的孩子。她在闺中独自一个人，清辉玉臂寒，闺中只独看。深夜深深深几许，然而深深的夜色亦比不过他对家的思念。仰望明月，愿月光照干我们彼此的泪痕。

此诗题为《月夜》，字字都从月色中照出，而以“独看”“双照”为一诗之眼。“独看”是现实，却从对面着想，“双照”兼含回忆与希望。从对方设想，从对方那里生发出自己的感情，此方法尤妙，被后人作为法度。

唐肃宗至德元年（756）五月，杜甫携家眷避难鄜州，寄居羌村，然后只身投奔肃宗的凤翔行在，中途为叛军捕获，被带到长安。八月，作者在禁中望月思家，而作此诗。

今夜鄜州月，闺中只独看①。
遥怜小儿女，未解忆长安②。
香雾云鬟湿，清辉玉臂寒③。
何时倚虚幌，双照泪痕干④。

①鄜（fū）州：今陕西省富县。当时杜甫的家属在鄜州的羌村，杜甫在长安。闺中：内室，指妻。看，读平声。②“遥怜”二句：是说小儿女不懂得母亲思念长安的心情。怜，怜惜。解，懂得。③“香雾”二句：写想象中妻独自久立、望月怀人的形象。香雾：雾本来没有香气，因为香气从涂有膏沐的云鬟中散发出来，所以说“香雾”。望月已久，雾深露重，故云鬟沾湿，玉臂生寒。云鬟：古代妇女的环形发饰。④虚幌：透明的窗帷。幌，帷幔。双照：共照两人。

名家点评

心已驰神到彼，诗从对面飞来，悲婉微至，精丽绝伦，又妙在无一字不从月色照出也。——［清］浦起龙《读杜心解》

王士正曰：不言思儿女，情在言外。

——［清］清高宗（爱新觉罗·弘历）敕编《唐宋诗醇》

诗犹文也，忌直贵曲。少陵“今夜鄜州月，闺中只独看”，是身在长安，忆其妻在鄜州看月也。下云：“遥怜小儿女，未解忆安长，”用旁衬之笔；儿女不解忆，则解忆者独其妻矣。“香雾云鬟”“清辉玉臂”，又从对面写，由长安遥想其妻在鄜州看月光景。收处作期望之词，恰好去路，“双照”紧对“独看”，可谓无笔不曲。

——［清］施补华《岘佣说诗》

客至①

[唐]杜甫

作品导读

杜甫在历尽颠沛流离之后，终于结束了长期漂泊的生涯，在成都西郊浣花溪头盖了一座草堂，暂时定居下来。不久，诗人在客人来访时作了这首诗。

草堂的南北，春水漫漫，只见鸥鸟每天成群而至，幽美的村居环境，映射出诗人恬淡闲适的心境。“花径不曾缘客扫，蓬门今始为君开”，对偶工整，语意含蓄，热情真挚，成为欢迎嘉宾的名句。篇首以“群鸥”引兴，篇尾以“邻翁”陪结，渲染出一种充满情趣的生活氛围，流露出主人公因客至而欢欣的心情。最喜尾联“肯与邻翁相对饮，隔篱呼取尽余杯”，诗人的诚朴厚道跃然纸上。也许，只有生活在田园中的邻家老翁才能走近杜甫，被杜甫所接纳吧！门前景，家常话，身边情，就这样编织成了富有情趣的生活场景。

舍南舍北皆春水，但见群鸥日日来。
花径不曾缘客扫，蓬门今始为君开。
盘飧市远无兼味，樽酒家贫只旧醅②。
肯与邻翁相对饮，隔篱呼取尽余杯③。

①客至：客指崔明府，杜甫在题后自注：“喜崔明府相过”。明府，唐人对县令的称呼。相过，即探望、相访。②盘飧（sūn）：泛指菜肴。樽：酒器。旧醅（pēi）：隔年的陈酒。③肯：能否允许，这是向客人征询。

名家点评

村朴趣，村朴语。——［明］陆时雍《唐诗镜》

经时无客过，日日有鸥来。语中虽见寂寞，意内愈形高旷。前半见空谷足音之喜，后半见贫家真率之趣。

——［清］黄　生《唐诗摘钞》

一、二言无人来也。三、四是敬客意。五、六是待客具。每句含三层意，人却不觉，炼力到也。七、八又商量得妙。如书法之有中锋，最当临摹。——［清］张谦宜《茧斋诗谈》

无意为诗，率然而成。却增损一意不得，颠倒一句不得，变易一字不得。此等构结，浅人既不辨，深人又不肯，非子美，吾谁与归！——［清］谭　宗《近体秋阳》

只家常话耳。不见深艰作意之语，而有天然真致。

——［清］张世炜《唐七律隽》

赠李白

[唐] 杜甫

作品导读

翻阅杜甫写给李白的诗，从赠到忆到梦到怀到寄，时间跨度长达二十年之久，期间的情感却是与日俱增。真朋友必无假性情，“渭北春天树，江东日暮云”“三夜频梦君，情亲见君意”“凉风起天末，君子意如何?”“笔落惊风雨，诗成泣鬼神”，千古交情，唯此为至！“诗圣”与“诗仙”的这段至情，称得上是梁园佳话了。

天宝三年（744），二人相识，情志相投，相约出游，诗文唱和，感情甚笃。天宝四年（745），二人分别时，以此诗相赠，“痛饮狂歌空度日，飞扬跋扈为谁雄”。李白藐视权贵，拂袖而去，沦落漂泊，虽尽日痛饮狂歌，然终不为统治者赏识，虽心雄万夫，而何以称雄？虽有济世之才，然焉能施展？杜甫在赞叹之余，感慨万千，扼腕之情油然而生，遂将自己的愤懑之情，诉之笔端。他的感慨既是为友而诉，亦是为己而发。

此诗仅仅用了28个字，就把李白的风神、气度、骨力、品格形象地刻画了出来，突显了“狂”字和“傲”字，这就是杜甫对李白的写照。

秋来相顾尚飘蓬①，
未就丹砂愧葛洪②。
痛饮狂歌空度日，
飞扬跋扈为谁雄③。

①飘蓬：草本植物，叶如柳叶，开白色小花，秋枯根拔，随风飘荡。故常用来比喻人的行踪飘忽不定。时李白、杜甫二人在仕途上都失意，相偕漫游，无所归宿，故以飘蓬为喻。②未就：没有成功。丹砂，即朱砂。道教认为炼砂成药，服之可以延年益寿。葛洪，东晋道士，自号抱朴子，入罗浮山炼丹。李白好神仙，曾自炼丹药，并在齐州从道士高如贵受“道箓”（一种入教仪式）。杜甫也渡黄河登王屋山访道士华盖君，因华盖君已死，惆怅而归。两人在学道方面都无所成就，所以说“愧葛洪”。③飞扬跋扈：不守常规，狂放不羁。此处作褒义词用。

名家点评

按太白性倜傥，好纵横术。少任侠，手刃数人，故公以飞扬跋扈目之。犹云平生飞动意也。

——［清］钱谦益《钱注杜诗》

是白一生小像。公赠白诗最多，此诗最简，而足以尽之。

——［清］杨　伦《杜诗镜铨》引蒋弱六语

送李副使赴碛西官军①

[唐] 岑参

作品导读

唐玄宗天宝十年（751）六月，高仙芝正在安西率师西征，李副使（名不详）因公从姑臧（今甘肃武威）出发赶赴碛西（即安西都护府）军中，岑参作此诗送别。

这是一首风格独特的送别诗。作者没有写与友人的依依惜别，而是从李副使出塞途中必经的火山这段艰苦旅程着手，突出了李副使不畏艰苦、毅然应命前行的豪迈气概。“知君惯度祁连城”，暗示李副使长期驰骋沙场；“岂能愁见轮台月”，运用反问手法，似一种调侃的口吻，化悲壮为诗情，给人以激励。作者直接越过一般送别诗的缠绵凄切，提出此次西行“击胡”的使命，化惆怅为豪放，激励友人“功名祇向马上取，真是英雄一丈夫”，将悲别抹去，使人积极向前。此诗展现出万丈豪情，开送别诗另一风格，读之令人激荡感奋。

关于作者

岑参（约715—770），南阳（今属河南）人，曾任嘉州（今四川乐山）刺史，后人因称“岑嘉州”。他长于七言歌行，边塞诗尤多佳作，与高适齐名，并称“高岑”。有《岑嘉州集》传世。

火山六月应更热，赤亭道口行人绝[2]。
知君惯度祁连城，岂能愁见轮台月[3]。
脱鞍暂入酒家垆，送君万里西击胡[4]。
功名祇向马上取，真是英雄一丈夫[5]。

①碛（qì）西：即安西都护府（治所在今新疆库车附近）。②赤亭：地名。在今新疆哈密西南。赤亭道口：即今火焰山的胜金口，为鄯善到吐鲁番的交通要道。③祁连城：十六国时前凉置祁连郡，郡城在祁连山旁，称祁连城，在今甘肃省张掖县西南。④酒家垆（lú）：此代指酒店。⑤祇：同“只”。

名家点评

岑参兄弟皆好奇。

——［唐］杜　甫《美陂行》

岑参语奇体峻，意亦造奇。

——［唐］殷　璠《河岳英灵集》

每一篇绝笔，则人人传写，虽闾里士庶，戎夷蛮貊，莫不讽诵吟习焉。

——［唐］杜　确《岑嘉州诗集序》

以为太白、子美之后一人而已。

——［南宋］陆　游《渭南文集·跋岑嘉州诗集》

夜上受降城闻笛①

[唐] 李　益

作品导读

“回乐烽前沙似雪，受降城外月如霜”，初读这两句时，不知为何，心中浮起了一丝淡淡的哀凄，眼前浮现出了边地苍茫夜色之下，黄沙如雪、寒月似霜的景象。置身于这等寂静凄冷环境中的征人，最易怀念家乡的美好温暖、家人的亲热温馨，蓄于胸中的乡愁，已呈一触即发之势。“不知何处吹芦管，一夜征人尽望乡”，远处吹响了声音哀怨凄凉的芦管，有如征夫怨妇如泣如诉互道离索之苦，这笛声勾起了士兵们的思乡之情。此情此景，倒与李白的“此夜曲中闻折柳，何人不起故园情”颇为相妙，含蓄而有余味。

南宋计有功在《唐诗纪事》中说这首诗在当时便被度曲入画，成为中唐绝句中出色的名篇之一。

关于作者

李益（约750—约830），字君虞，陇西姑臧（今甘肃武威）人，以边塞诗作名世，擅长绝句，尤其工于七绝。

回乐烽前沙似雪②，
受降城外月如霜。
不知何处吹芦管③，
一夜征人尽望乡。

①受降城：唐代有东、中、西三个受降城。这里指灵州（今宁夏灵武县）的西受降城。②回乐烽：指受降城附近的一个烽火高台。③芦管：笛子。

名家点评

沙飞月皎，举目凄其，下此而闻笳声，安有不思乡念切者。

——［清］朱之荆《增订唐诗摘钞》

李君虞绝句，专以此擅场，所谓率真语，天然画也。

——［清］黄叔灿《唐诗笺注》

蕴藉宛转，乐府绝唱。

——［清］宋宗元《网师园唐诗笺》

征人望乡，只加一“尽”字，耐征戍之苦，离乡之久，胥包孕在内矣。

——［清］李　锳《诗法易简录》

首二句写景，已为“望乡”二字勾魂摄魄，是争上流法，亦倒装法。

——［清］马　沅、赵彦传《唐绝诗钞注略》

晚春

[唐] 韩愈

作品导读

“草树知春不久归，百般红紫斗芳菲”，草树知春本是自然规律，花开满园也是顺其天性而为之，“斗”字何来？但知不是草树，而是诗人的内心。在诗人的主观情感世界中，草树是有情有志的，故言“斗芳菲”。其实，艺术不就是客观景物的特征与诗人的主观情感猝然遇合的产物吗？诗歌之美，美在情感。如此看来，“杨花榆荚无才思，惟解漫天作雪飞”，用“无才思”去评价杨花榆荚就更加妙不可言了。但这一句向来是众说纷纭，作者到底是褒是贬也许并不重要，重要的是这句诗会唤醒你怎样的生命体验，“惟解漫天作雪飞”不亦是一种执着与淡泊吗？

关于作者

韩愈（768—824），字退之，河南河阳（今河南省孟州市）人，因祖籍河北昌黎，自称“郡望昌黎”，故世称“韩昌黎”“昌黎先生”；晚年任吏部侍郎，又称“韩吏部”；谥号“文”，又称“韩文公”。韩愈是唐代古文运动的倡导者，被后人尊为“唐宋八大家”之首。著有《韩昌黎集》等。

草树知春不久归，
百般红紫斗芳菲。
杨花榆荚无才思[①]，
惟解漫天作雪飞[②]。

①杨花：指柳絮。榆荚：亦称榆钱。榆未生叶时，先在枝间生荚，荚小，形如钱，荚花呈白色，随风飘落。才思：才华和能力。②解：知道。

名家点评

意带比兴，出自自活。

——［清］汪森《韩柳诗选》

春日晚春，则处处应切晚字。首句从“春”字盘转到“晚”字，可谓善取逆势。二句写晚春之景。三句又转出一景，盖于红紫芳菲之中，方现十分绚烂之色，而无如扬花、榆荚不解点染，惟见漫天似雪之飞耳。四句分二层写，而“晚春”二字，跃然纸上。正无俟描头画角，徒费琢斫，只落小家数也。此首合上《春雪》一首，纯从涵泳而出，故诗笔盘旋回绕，一如其文，古之大家，有如是者。

——朱宝莹《诗式》

玩三四两句，诗人似有所讽，但不知究何所指。

——刘永济《唐人绝句精华》

春题湖上

[唐] 白居易

作品导读

白居易在长庆二年（822）五十一岁时，由中书舍人改任杭州刺史，至长庆四年（824）五月离开杭州。他少年游杭时即已对杭州充满向往，出任杭州刺史时，更是表现出发自心底的喜爱，为历代写西湖诗歌最多之人。在他咏西湖的诗中，最著名的是三首七言律诗：《钱塘湖春行》《西湖晚归回望孤山寺赠诸客》，以及这首《春题湖上》。

“湖上春来似图画，乱峰围绕水铺平”，一幅美丽的画卷在我们眼前徐徐展开，三山环绕中的湖水平净如镜，汪汪一碧；“乱”字用得很好，乱中透着自然之趣，使得小山也活泼起来。一轮明月映入水中，好像一颗明珠，跳荡悬浮，晶莹透亮。“碧毯线头抽早稻”，诗人以幽丽华美的笔触，用一连串精妙的比喻，勾画出西湖的旖旎风光，如果不是诗人对西湖情有独钟，怎会将西湖写得如此楚楚动人？

这首诗的结构曲折委婉，别有情致，特别是最后两句，以不舍意作结，而曰“一半勾留”，言外正有余情。

关于作者

白居易（772—846），字乐天，号香山居士，又号醉吟先生，祖籍太原，伟大的现实主义诗人，有“诗魔”和“诗王”之称。白居易与元稹共同倡导新乐府运动，世称“元白”；与刘禹锡并称“刘白”。有《白氏长庆集》传世。

湖上春来似画图，乱峰围绕水平铺[①]。
松排山面千重翠，月点波心一颗珠[②]。
碧毯线头抽早稻，青罗裙带展新蒲[③]。
未能抛得杭州去，一半勾留是此湖[④]。

①乱峰：形容山峰很多。西湖三面环山，有南高峰、北高峰、葛岭等。②排：排列松树众多，故称“排”。③蒲：香蒲，湖上生长的一种水草。④勾留：稽留，耽搁。

名家点评

乐天守杭州，以和适之趣处繁华；子厚守柳州，以愁苦之怀处荒寂。情景异，欢戚殊。

——［元］方　回《瀛奎律髓》

物态新出（“碧毯线头”二句下）。万千赞叹，尽此二句（末二句下）。　——［清］毛奇龄、王　锡《唐七律选》

以“湖”字起结，奇极。“一半勾留”，湖未尝留人，时人自不能抛舍。兴之所适也；然亦只得“一半”，那一半当别有瞻恋君国去处，若说全被勾留，岂不是个游春郎君，不是白傅口中语矣（末二句下）。前解写山月之胜，后解写物色之胜，总写得“湖上春”三字。　——［清］王尧衢《古唐诗合解》

“画图”二字是诗眼，下五句皆实写画图中景；以不舍意作结，而曰“一半勾留”，言外正有余情。

——［清］清高宗（爱新觉罗·弘历）敕编《唐宋诗醇》

轻肥

[唐]白居易

作品导读

《轻肥》是唐代诗人白居易创作的组诗《秦中吟十首》中的第七首。唐代政治腐败的根源之一，就是太监专权。这首诗就是讽刺宦官的。

如果不是最后“是岁江南旱，衢州人食人”两句，此诗就不会收到撼人心魄的艺术效果。唐中叶的宦官专权是白居易所深恶痛绝的，在这首诗中，诗人先写宦官们在神策军中欢宴行乐的情形，突出了他们不可一世的特点。而后笔锋一转，视通万里，点出宦官们食饱酒酣之时，正是江南大旱、衢州人食人之日，其强烈对比令人心惊，其满腔愤怒不言自明，其批判力量历之弥坚。白居易善用对比，而如此诗以一个特例来批判一种现象的手法，却不多见。此诗的主题不仅在于讽喻腐败之风，最主要的是对仁政的呼唤！

意气骄满路，鞍马光照尘。
借问何为者？人称是内臣[2]。
朱绂皆大夫，紫绶或将军[3]。
夸赴军中宴，走马去如云[4]。
鐏罍溢九酝，水陆罗八珍[5]。
果擘洞庭橘，脍切天池鳞[6]。
食饱心自若，酒酣气益振[7]。
是岁江南旱，衢州人食人[8]。

①轻肥：《论语·雍也》中有言“乘肥马，衣轻裘”，代指达官贵人的奢华生活。②内臣：宦官。③“朱绂（fú）”二句：说这些宦官都身居文武要职。朱绂：朱红色画有花纹的官服。绶：系印的丝带子。唐制三品以上文武官员的服饰用紫色，四、五品用朱红色。④军：指左右神策军，皇帝的禁军之一。当时禁军都为宦官所把持。⑤鐏罍（léi）：指陈酒的器皿。九酝：美酒名。水陆罗八珍：筵席上摆满了山珍海味。⑥擘（bò）：剖。洞庭橘：湖南的柑橘很好，或说是洞庭山产的橘子，均言其名贵。⑦脍：细切的肉。天池：海。心自若：心情舒畅，安然自得。⑧“是岁”句：史载元和三、四年（808、809）南方旱饥。

名家点评

与少陵忧黎元同一心事。——［清］宋宗元《网师园唐诗笺》

结句斗绝，有一落千丈之势。

——［清］清高宗（爱新觉罗·弘历）敕编《唐宋诗醇》

常语易，奇语难，此诗之初关也；奇语易，常语难，此诗之重关也。香山用常得奇，此境良非易到。

——［清］刘熙载《艺概》

西塞山怀古①

［唐］刘禹锡

作品导读

西晋灭吴本是旧事，“天下大势，分久必合，合久必分”，亦是历史发展的规律，但对于身处其间的人而言，却有着别样的体验。“人世几回伤往事”，“几回”是囊括古今，饱含着对人世沧桑的无限感慨。“山河依旧枕寒流”，眼前青山依然如故，长江滚滚流向天际，时间与空间在此交融，然则人事已非，不仅“金陵王气”一去不返，连它的遗迹也将化为乌有。诗人把嘲弄的锋芒指向历史上曾经占据一方但终于覆灭的统治者，这正是对重新抬头的割据势力的迎头一击。

唐穆宗长庆四年（824），刘禹锡由夔州（今重庆奉节）刺史调任和州（治今安徽和县）刺史，在沿江东下赴任的途中，经西塞山时，触景生情，抚今追昔，即作此诗。

关于作者

刘禹锡（约772—约842），字梦得，号庐山人，洛阳（今河南洛阳）人，政治家、文学家、诗人，有“诗豪”之称，因曾任太子宾客，故又称“刘宾客”。有《刘宾客集》传世。

王濬楼船下益州，金陵王气黯然收②。
千寻铁锁沉江底，一片降幡出石头③。
人世几回伤往事，山形依旧枕寒流。
今逢四海为家日，故垒萧萧芦荻秋④。

①西塞山：在今湖北省黄石市，又名道士洑，山体突出到长江中，因而形成长江弯道，站在山顶犹如身临江中。②王濬（jùn）：晋益州刺史，是灭吴之战的主要功臣。晋武帝谋伐吴，派王濬造大船，出巴蜀，船上以木为城，起楼，每船可容二千余人。王气：帝王之气。③千寻铁锁沉江底：东吴末帝孙皓命人在江中轧铁锥，又用大铁索横于江面，拦截晋船，终失败。寻：长度单位。一片降幡（fān）出石头：王濬率船队从武昌顺流而下，直到金陵，攻破石头城，吴主孙皓到营门投降。④四海为家：指天下统一。故垒：指西塞山，泛指战争遗迹。

名家点评

劈将王濬下益州起，加“楼船”二字，何等雄壮！随手接云：“金陵王气黯然收”，下一“收”字，何等惨溃！……看他前四句单写吴主孙皓，五忽转云“人世几回伤往事”，直将六朝人物变迁，世代废兴俱收在七字中。六又接云：“山形依旧枕寒流”，何等高雅，何等自然！末将无限衰飒字样写当今四海为家，于极感慨中却极壮丽，何等气度，何等佳构！此真唐人怀古之绝唱也。

——［清］钱朝鼎《唐诗鼓吹笺注》

似议非议，有论无论，笔着纸上，神来天际，气魄法律，无不精到，洵是此老一生杰作，自然压倒元、白。

——［清］薛　雪《一瓢诗话》

前四句止就一事言，五以“几回”二字括过六代，繁简得宜，此法甚妙。

——［清］屈　复《唐诗成法》

余谓刘诗与崔颢《黄鹤楼》诗，异曲同工。崔诗从黄鹤仙人着想，前四句皆言仙人乘鹤事，一气贯注；刘诗从西塞山铁锁横江着想，前四句皆言王濬平吴事，亦一气贯注，非但切定本题，且七律诗能前四句专咏一事，而劲气直达者，在盛唐时，沈佺期《龙池篇》、李太白《鹦鹉篇》外，罕有能手。

——俞陛云《诗境浅说》

一字至七字诗·茶

［唐］元稹

作品导读

一字至七字诗，俗称宝塔诗，在中国古代诗中较为少见。它不仅形式特别，而且在声韵上也很和谐，是中国文字和诗歌独特艺术魅力的表现。

一个“茶”字，似开启了一片树叶的故事。“香叶，嫩芽”，短短一句将我们带入了一山茶园，几个采茶女轻轻将嫩芽摘下，而茶香的源头，不在双手，而在心间。“碾雕白玉，罗织红纱”，拿如此贵重美好的玉、纱为喻，自然地流露出作者对于茶叶的喜爱之情。这首诗将茶的色翠绿、香清高、味甘鲜、耐冲泡的特点写得生动有趣。当然茶后有人，茶女纤细的小手细心地挑选着嫩芽；炒茶之人独自坐在小巷中，来回烘炒着香茶。正是因为有了这些人对茶的细心，才赋予茶如此绝佳的味道，再读此诗，体味亦不同了。茶，是一段旅程，是一种人生。“将知醉后岂堪夸”，你是否也如诗人这般钟爱着茶?

关于作者

元稹（779—831），字微之，洛阳人（今河南洛阳），与白居易共同倡导新乐府运动，世称“元白”。有《元氏长庆集》传世。

茶。
香叶，嫩芽。
慕诗客，爱僧家。
碾雕白玉，罗织红纱①。
铫煎黄蕊色，碗转曲尘花②。
夜后邀陪明月，晨前独对朝霞。
洗尽古今人不倦，将知醉后岂堪夸。

①碾雕白玉：茶碾是白玉雕成的。罗织红纱：茶筛是红纱制成的。
②铫（diào）：煎茶器具。曲尘花：指茶汤上面的饽沫。

名家点评

（稹）尤工诗，在翰林时，穆宗前后索诗数百篇，命左右讽咏，宫中呼为“元才子”，自六宫两都八方至南蛮东夷国，皆写传之。每一章一句出，无胫而走，疾下珠玉。

——［唐］白居易《河南元公墓志铭》

中唐诗以韩、孟，元、白为最。韩、孟尚奇警，务言人所不敢言；元、白尚坦易，务言人所共欲言。……此元、白较胜于韩、孟。

——［清］赵　翼《瓯北诗话》

元、白号称大家，皆以长篇擅胜，其于七言八句，竟似无意求工。

——［清］钱良择《唐音审体》

梦天①

[唐]李贺

作品导读

诗人通过记梦的方式，描绘出一幅梦幻中神异美丽的天国图景。奇妙的想象，生动优美的艺术形象，组合在简练的语言之中，一个天上的神仙世界就此在李贺的笔下诞生。他是一个筑梦者，因为在他所想象的世界里，没有衰老和死亡，美好得超绝人间。现实短促，人对永恒的追逐，终于通过一种梦幻的方式，得以实现。

明人王思任在《昌谷诗解序》中称李贺“僻性高才，拗肠盯眼”，这样一个青年诗人，不免让人神往，他有着怎样一颗激荡的心灵？他的精神世界又是怎样丰富而深邃？

关于作者

李贺（约791—约817），字长吉，河南福昌（今河南宜阳县）人。因家居福昌昌谷，后世称“李昌谷”。他有“诗鬼”之称，与李白、李商隐称为“唐代三李”。他的诗作想象极为丰富，经常用神话传说来托古寓今，所以被称为“鬼才”。著有《昌谷集》。

老兔寒蟾泣天色，云楼半开壁斜白①。
玉轮轧露湿团光，鸾佩相逢桂香陌②。
黄尘清水三山下，更变千年如走马③。
遥望齐州九点烟，一泓海水杯中泻④。

①老兔寒蟾：神话传说中住在月宫里的动物。此句是说在一个幽冷的月夜，阴云四合，空中飘洒下阵阵寒雨，就像兔和蟾在哭泣。②“玉轮”句：月亮带着光晕，像被露水打湿了似的。鸾佩：雕刻着鸾凤的玉佩，此代指仙女。③三山：指海上的三座神山蓬莱、方丈、瀛洲。这里指东海上的三座山。走马：跑马。④齐州：中州，即中国。《尚书·禹贡》言中国有九州。这两句说在月宫俯瞰中国，九州小得就像九个模糊的小点，而大海小得就像一杯水。

名家点评

意近语超，其为仙人语亦不甚费力。使尽如起语，当自笑耳。

——［明］高 棅《唐诗品汇》

命题奇创。诗中句句是天，亦句句是梦，正不知梦在天中耶，天在梦中耶？是何等胸襟眼界，有如此手笔。

——［清］黄周星《唐诗快》

滓淄既尽，太虚可游，故托梦以诡世也。蓬莱仙境，尚忧陵陆；何况尘土，不沧桑乎？末二句分明说置身霄汉，俯视天下皆小。宜其目空一世耳！ ——［清］姚文燮《昌谷集注》

将赴吴兴登乐游原一绝①

[唐]杜牧

作品导读

一个才华横溢、渴望建功立业的诗人，此刻却有闲情逸致去爱孤云，去追慕高僧，可见“闲”和“静”都是杜牧自己的选择，诗句中自然是透着诗人想要诉说的无奈和伤感。他要手擎旌麾，远去江海的吴兴了，但还是再登上乐游原，遥望太宗的昭陵。

古往今来，诗人离开京城，总有很多眷恋，如“顾瞻恋城阙，引领情内伤”(曹植)，似“无才日衰老，驻马望千门”(杜甫)。杜牧独望昭陵之时，一定是看到了太宗的身影，想起了当时的盛世，如今却落寞如此，只恨生不逢时。

杜牧不但文采绝佳，且颇有政治才能，一心想报效国家。他曾在京都长安任吏部员外郎，职位清闲，难有作为。他不想这样无所事事地虚度年华，便请求外放。这首即是作者于唐宣宗大中四年（850）将离长安到吴兴（今浙江湖州）任刺史时所作。

关于作者

杜牧（803—约852)，字牧之，号樊川居士，京兆万年（今陕西西安）人，因晚年居长安南樊川别墅，世称“杜樊川”。著有《樊川文集》，与李商隐并称“小李杜”。

清时有味是无能②，
闲爱孤云静爱僧。
欲把一麾江海去③，
乐游原上望昭陵④。

①吴兴：唐郡名，即今浙江省吴兴县。乐游原，在长安城南，地势高敞，唐时为登览胜地，故址在今陕西省西安市南。②“清时”句：是发牢骚的话，说在这清平有为的时代，自己却独有闲趣，足见是无能而不受重视。③把：持。麾（huī），古代指挥用的旌旗，这里指出任刺史的符信。颜延之《五君咏》：“屡荐不入官，一麾乃出守。”“麾”字为麾斥，指阮咸受人排挤而出任太守。这里也暗用其意。④“乐游原”句：表现对过去开明政治的向往，即对时政的不满。昭陵：唐太宗的陵墓。

名家点评

此盖不满于当时，故末有“望昭陵”之句。

——［南宋］叶梦得《石林诗话》

“望昭陵”者，不得志于时而思明君之世，盖怨也。首云“清时”，反辞也。 ——［明］胡震亨《唐音戊签》

昭陵为唐创业守成英主，后世子孙陵夷不振，故牧之于去国时登高寄慨，词意浑含，得风人遗意。

——［清］张文荪《唐贤清雅集》

晚晴

［唐］李商隐

作品导读

深居简出，时值初夏，诗人总有闲情。久遭雨潦之苦的幽草，忽遇晚晴，得以沾沐余晖而平添生机，“天意怜幽草”，此时的诗人一定有着无限的喜悦和欣慰。登高远眺，看到飞鸟归巢，体态多么轻盈。一幅水墨画，明净清新，生意盎然。

“义山之诗，妙于纤细”（清代贺裳语），“此句说晚晴，其妙难知”（明代谭元春语），李商隐的诗总是给人余味悠长之感。整首诗浑然天成，不事雕琢，真是“玉溪咏物，妙能体贴，时有佳句，在可解不可解之间。风人比兴之意，纯自意匠经营中得来”（清代宋宗元语）。

大中元年（847）初夏，李商隐离开长安这个党争的漩涡，抵桂林入郑亚幕。桂林原是多雨地区，诗人是北方人，故对多雨特多感受，而对天晴特感稀罕和兴奋，就是这种异样感促使他写下了这首题材平常、内容不平常的诗。

关于作者

李商隐（约813—约858），字义山，号玉溪（谿）生，又号樊南生，原籍怀州河内（今河南沁阳），是晚唐最出色的诗人之一，和杜牧合称“小李杜”，与温庭筠合称为“温李”。有《李义山诗集》传世。

深居俯夹城，春去夏犹清①。
天意怜幽草，人间重晚晴。
并添高阁迥，微注小窗明②。
越鸟巢干后，归飞体更轻。

①夹城：城门外的曲城。②并：更。高阁：指诗人居处的楼阁。迥：高远。微注：因是晚景斜晖，光线显得微弱和柔和，故说“微注”。

名家点评

次联澹妙。

——［清］吴　乔《围炉诗话》

晚晴，比常时晴色更佳。天上人间，若另换一番光景者，在清和时节尤妙。小窗高阁、异样焕发，而归燕亦觉体轻。言外有身世之感。

——［清］姚培谦笺注《李义山诗集笺注》

朱彝尊云：“越鸟巢干后”，写其得意。何焯云：但露微明，已觉心开目舒，五六是倒装语，酷写望晴之极也。

——［清］朱鹤龄笺注、沈厚塽辑评《李义山诗集辑评》

二四妙在将“天意”突说一句，然后对出晚晴。“并添”“微注”，“晴”字说得深细。结句有意无意，亦是少陵遗法。

——［清］顾安评选、何文焕增评《唐律消夏录》

菩萨蛮①

[唐] 温庭筠

作品导读

早晨，阳光照射到屏风之上，自由地明灭闪动，不料想，却惊扰了睡梦中的女子。一转头，散乱的头发正巧浮在她的脸上。她慵懒地起来，不急不慢地梳妆打扮，描画蛾眉。用镜子一照，花人交映，真分不出谁更美丽。一旁的罗衣短袄上面，绣着一对金色的鹧鸪鸟。唯独这一人，美丽而孤单。

这是一个美丽而寂寞的女子，一生志意落空的温庭筠在描写这个女子时，是不是也融入了他自己的失意和无奈？整首词没有强烈的情感，一切都在不急不慢的表达里隐藏起来，让人回味。

关于作者

温庭筠（约812—866），本名岐，字飞卿，太原祁（今山西祁县）人，晚唐时期诗人、词人，其词艺术成就在晚唐诸词人之上，被尊为“花间词派”之鼻祖。相传他文思敏捷，每入试，押官韵，八叉手而成八韵，故有“温八叉”之称。工诗，与李商隐齐名，时称“温李”；在词史上，与韦庄齐名，并称“温韦”。有《花间集》存世。

小山重叠金明灭，鬓云欲度香腮雪②。懒起画蛾眉，弄妆梳洗迟③。

照花前后镜，花面交相映。新帖绣罗襦，双双金鹧鸪④。

①菩萨蛮：词牌名。②小山：眉妆的名目，指小山眉，弯弯的眉毛。金：指唐时妇女眉际妆饰之“额黄”。鬓云：像云朵似的鬓发。形容发髻蓬松如云。度：覆盖，过掩，形容鬓角延伸向脸颊，逐渐轻淡，像云影轻度。③蛾眉：女子的眉毛细长弯曲像蚕蛾的触须，故称蛾眉。④罗襦：丝绸短袄。鹧鸪：贴绣上去的鹧鸪图，这说的是当时的衣饰，就是用金线绣好花样，再绣贴在衣服上，谓之“贴金”。

名家点评

此感士不遇之作也。——［清］张惠言《词选》

飞卿词如“懒起画蛾眉，弄妆梳洗迟”，无限伤心，溢于言表。

——［清］陈廷焯《白雨斋词话》

此首写闺怨，章法极密，层次极清。首句，写绣屏掩映，可见环境之富丽；次句，写鬓丝撩乱，可见人未起之容仪。三、四两句叙事，画眉梳洗，皆事也。然“懒”字、“迟”字，又兼写人之情态。“照花”两句承上，言梳洗停当，簪花为饰，愈增艳丽。末句，言更换新绣之罗衣，忽睹衣上有鹧鸪双双，遂兴孤独之哀与膏沐谁容之感。有此收束，振起全篇。上文之所以懒画眉、迟梳洗者，皆因有此一段怨情蕴蓄于中也。

——唐圭璋《唐宋词简释》

菩萨蛮

[唐] 韦庄

作品导读

韦庄现存《菩萨蛮》五首，此其二，是一首脍炙人口的小令。

江南有“春水碧于天”的如诗如画的美景，有“画船听雨眠”的闲适生活，却没能增添韦庄笔下的雅趣，反而增添了他内心深重的思乡念家之情。词人已老，却有家不得归，只能漂泊异乡，这时他依稀想起诗人白居易笔下的《江南好》，可江南再美，终不是故乡，正是“良辰美景奈何天，赏心乐事谁家院”。

生不得还乡，已足以令词人感到绝望；而更令人伤心的是，即使现在能够还乡，也只能加重他的乡愁与绝望，因为故乡正经历着战乱，一片荒芜。江南之景愈美，则故乡之情愈重。

关于作者

韦庄（约836—约910），字端己，长安杜陵（今陕西西安市附近）人，诗人韦应物的四代孙，唐朝花间派词人，与温庭筠并称“温韦”。有《浣花词》传世。

人人尽说江南好，游人只合江南老[1]。春水碧于天，画船听雨眠。

垆边人似月，皓腕凝霜雪[2]。未老莫还乡，还乡须断肠[3]。

①游人：这里指漂泊江南的人，即作者自谓。只合：只应。②垆：旧时酒店用土砌成酒瓮卖酒的地方。③须：必定，肯定。

名家点评

此章述蜀人功留之辞，江南即指蜀。中原沸乱，故曰：“还乡须断肠。”

——［清］张惠言《词选》

强颜作欢快语，怕肠断，肠亦断矣。

——［清］谭　献《谭评词辨》

风流自赏，决绝语，正是凄楚语。

——［清］陈廷焯《白雨斋词话》

一幅春水画图。意中是乡思，笔下却说江南风景好，真是泪溢中肠，无人省得。结言风尘辛苦，不到暮年，不得还乡，预知他日还乡必断肠也，与第二语口气合。

——［清］陈廷焯《云韶集》

浪淘沙①

[南唐] 李煜

作品导读

梦被雨声打断，人在天将亮未亮之时惊醒。醒来才知，梦中的片刻欢乐永不再现。曾经的繁华与欢愉，只留存在梦中；曾经的自由之人，如今却为俘虏之身。“别时容易见时难”，实在悲愤无比，沉郁之极。这绝不是情怨的呻吟，而是对国破家亡的一种极其凄惨的呼唤，饱含着绝望与缅怀。千古遗恨，语意凄黯，《浪淘沙》可谓是以歌当哭。

明代李攀龙说：“悲悼万状，为之泪不收久许。”读过全词，常令我们在悲痛的情绪中产生一种共鸣，如阵阵秋雨，丝丝缕缕，久久不去。

关于作者

李煜（937—978），初名从嘉，字重光，号钟隐、莲峰居士，彭城（今江苏徐州）人，南唐最后一位国君，世称“南唐后主”“李后主”。他精书法，善绘画，通音律，词的成就最高，在中国词史上占有一席之地。

帘外雨潺潺，春意阑珊。罗衾不耐五更寒②。梦里不知身是客，一晌贪欢③。

独自莫凭栏，无限江山④，别时容易见时难。流水落花春去也，天上人间。

①浪淘沙：词牌名，原为唐教坊曲，又名“浪淘沙令”“卖花声”等。唐人多用七言绝句入曲，南唐李煜始演为长短句。②罗衾（qīn）：绸被子。③身是客：指被拘汴京，形同囚徒。④江山：指南唐河山。

名家点评

高妙超脱，一往情深。

——王闿运《湘绮楼词选》

李重光之词，神秀也。词至李后主而眼界始大，感慨遂深。

——王国维《人间词话》

言梦中之欢，益见醒后之悲，昔日歌舞《霓裳》，不堪回首。结句“天上人间”三句，怆然欲绝：此归朝后所作。尤极凄黯之音，如峡猿之三声断肠也。

——俞陛云《唐五代两宋词选释》

绵邈飘忽之音，最为感人之至。李后主之“梦里不知身是客，一晌贪欢”，所以独绝也。

——唐圭璋编注《南唐二主词汇笺》引郭麐语

鹊踏枝①

［五代］冯延巳

作品导读

这是冯延巳最为著名的词作，写闲情的苦恼不能解脱，以独特的笔法写尽了一个“愁”字。

一种无端的惆怅、忧愁，没有来由，无以名说。词人的内心恍如有所失落，又恍如有所追寻，却始终无人倾诉。他想摆脱这种情绪，于是日日在花前痛饮，放任自己大醉，不惜身体日渐消瘦。可这一切的努力都无济于事，“何事年年有”？只有自己孤独站在桥头，清风相伴，新月相随。

“冯正中词虽不失五代风格，而堂庑特大，开北宋一代风气。”（王国维《人间词话》）从冯延巳开始，一种外华内实、寓深厚于丽藻之中的诗词风格就形成了，并成为后辈诗人竞相模仿的典范。

关于作者

冯延巳（903—960），又名延嗣，字正中，广陵（今江苏省扬州市）人，南唐词人，有《阳春集》传世。

谁道闲情抛掷久[2]，每到春来，惆怅还依旧。日日花前常病酒，敢辞镜里朱颜瘦[3]。

河畔青芜堤上柳，为问新愁，何事年年有？独立小桥风满袖，平林新月人归后[4]。

①鹊踏枝：唐代教坊曲，最初名“鹊踏枝”，宋时晏殊改为“蝶恋花”，取意自梁简文帝诗“翻阶蛱蝶恋花情”，又名“凤栖梧”等。②闲情：即闲愁、春愁。③病酒：饮酒沉醉如病，醉酒。不辞：不避、不怕。④平林：平原上的树林。新月：阴历每月初出的弯形月亮。

名家点评

可谓沉著痛快之极，然却是从沉郁顿挫来。

——［清］陈廷焯《白雨斋词话》

末两句，只写一美境，而愁自寓焉。

——唐圭璋《唐宋词简释》

冯延巳所表现的这种孤寂惆怅之感，既绝不同于温庭筠词之冷静客观，也绝不同于韦庄之局限于现实之情事。冯词所写的乃是心中一种长存永在的惆怅哀愁，而且充满了独自担荷着的孤寂之感。不仅传达了一种感情的意境，且表现出强烈鲜明的个性，这是冯词最可注意的特色和成就。

——叶嘉莹

御街行①

秋日怀旧

［北宋］范仲淹

作品导读

寒夜静寂，能听到落叶之声，可惜人去楼空。月色皓洁，在这秋月之夜，更增离愁。热酒熨烫孤冷之心，却更添孤独之味。这离愁别怨，不是来在眉间，便是潜入心底，简直无法将它回避。

一首怀人之作，其间洋溢着一片柔情。唐圭璋认为：“此首从夜静叶落写起，因夜之愈静，故愈觉寒声之碎。‘真珠’五句，极写远空皓月澄澈之境。‘年年今夜’与‘夜夜除非’之语，并可见久羁之苦。‘长是人千里’一句，说出因景怀人之情。下片即从此生发，步步深婉。酒未到已先成泪，情更凄切。”情景两到，可谓难得之作。

本词抒写秋夜离情愁绪，又题作“秋日怀旧”，李清照的“此情无计可消除，才下眉头，却上心头”（《一剪梅》）即从这里脱胎。

关于作者

范仲淹（989—1052），字希文，谥号文正，世称范文正公，是著名的思想家、政治家、文学家，著有《范文正公文集》。

纷纷坠叶飘香砌[2]。夜寂静、寒声碎[3]。真珠帘卷玉楼空，天淡银河垂地。年年今夜，月华如练，长是人千里。

愁肠已断无由醉，酒未到、先成泪。残灯明灭枕头欹[4]，谙尽孤眠滋味[5]。都来此事[6]，眉间心上，无计相回避。

①御街行：词牌名，又名“孤雁儿”。②香砌：洒满落花的台阶。③寒声：飘落的树叶在秋风中发出的声音。④攲（qī）：倾斜，斜靠。⑤谙（ān）尽：尝尽。⑥都来：算来。

名家点评

月光如画，泪深于酒，情景两到。

——［明］李攀龙《草堂诗余隽》

“天淡”句空灵。

——［明］沈际飞《草堂诗余正集》

范希文守边作词，有穷塞主之称。其《御街行》“天淡银河垂地”一句自佳。

——［清］沈　雄《古今词话·词品下卷》

蝶恋花①

［北宋］柳　永

作品导读

一个人久久地伫立在高楼之上，向远处眺望着。他在寻找什么？在远望中，一种黯然魂销的“春愁”油然而生。愁自天际而生，定是睹物思情，黄昏来临，还不忍离去，一个人孤单地眺望，无人知，无人解，只能借酒浇愁，在酒中别寻天地，可结果还是强颜欢笑。这愁绪让他“衣带渐宽”，但他却心甘情愿，绝无后悔之意。

王国维评价此词为“专作情语而绝妙者”“求之古今人词中，曾不多见”。他给词中的“愁”赋予了更多阐释的空间，说“古今之成大事业、大学问者，必经过三种之境界”，并以“衣带渐宽终不悔，为伊消得人憔悴”为第二境。此词的意蕴之广、情感之深，可见一斑。

关于作者

柳永（约987—约1053），原名三变，字景庄，后改名永，字耆卿，排行第七，又称柳七，崇安（今福建武夷山）人；以屯田员外郎致仕，故世称“柳屯田”。有《乐章集》传世。

伫倚危楼风细细②，望极春愁，黯黯生天际。草色烟光残照里③，无言谁会凭阑意④。

拟把疏狂图一醉⑤，对酒当歌，强乐还无味。衣带渐宽终不悔，为伊消得人憔悴⑥。

①蝶恋花：词牌名，又名“凤栖梧”，分上下两阕，共六十个字，一般用来填写多愁善感和缠绵悱恻的内容。②伫倚危楼：长时间倚靠在高楼的栏杆上。③烟光：飘忽缭绕的云霭雾气。④会：理解。阑：同“栏”。⑤拟把：打算。疏狂：狂放不羁。⑥消得：值得。

名家点评

此首上片写境，下片抒情。“伫倚”三句，写远望愁生。“草色”两句，实写所见冷落景象与伤高念远之意。换头深婉。“拟把”句，与“衣带”两句，更柔厚。与“不辞镜里朱颜瘦”语，同合风人之旨。

——唐圭璋《唐宋词简释》

这首词抒情手法的特点是，始则借景生发；继则打算把怀远之情荡开，用“拟把疏狂图一醉”的方法，使相思之情得以排遣；终则因为此情无计消解，索性继续相思下去。一收之后，复来一纵，手法有开有合，卷舒自由，有波澜，有韵致，非词中高手，难以达此境界。

——《唐宋词鉴赏词典》

八声甘州①

［北宋］柳　永

作品导读

初入仕，竟因谱写俗曲歌词，招致当权者挫辱，而不得伸其志，于是词人浪迹天涯，用词抒写羁旅之志和怀才不遇的痛苦愤懑。《八声甘州》即此类词的代表作。

潇潇暮雨在辽阔天边飘洒，雨洗之后的秋景分外清凉。雨后傍晚的江边，寒风渐冷渐急，天涯的游客，心中升起悲凉之感。万物都在凋零，长江无语，也无情，只叹韶华易逝。故乡太远，望而不见。为何多年来流落异乡？为何长期不归？词人此刻叩问自己。思归之情，怀人之意，尽在“争知我，倚阑干处，正恁凝愁”的感慨之中。

苏轼曾说：“世言柳耆卿曲俗，非也。如《八声甘州》云：‘霜风凄紧，关河冷落，残照当楼。’此语于诗句不减唐人高处。”这一首《八声甘州》，也确有一种清劲之气。

对潇潇、暮雨洒江天，一番洗清秋。渐霜风凄紧[2]，关河冷落[3]，残照当楼。是处红衰翠减[4]，苒苒物华休[5]。唯有长江水，无语东流。

不忍登高临远，望故乡渺邈[6]，归思难收。叹年来踪迹，何事苦淹留[7]？想佳人、妆楼颙望[8]，误几回、天际识归舟[9]？争知我、倚阑干处，正恁凝愁[10]。

①八声甘州：是词牌名也是曲牌名，简称“甘州”，唐玄宗时为教坊大曲，后用为词牌。因全词八韵，故名八声。②霜风：指深秋的风。③关河：山河。④是处：到处。红衰翠减：指花叶凋零。⑤苒苒（rǎn）：同“荏苒”，形容时光逐渐消逝。物华：美好的景物。⑥渺邈：渺茫遥远。⑦淹留：长期停留。⑧颙（yóng）望：凝望，因久望而呈呆状。⑨误几回：多少次错把远处驶来的船只，当作心上人的归舟。⑩争（zěn）：怎。恁（nèn）：如此。凝愁：愁结难解。

名家点评

柳词本以柔婉见长，此词却以沉雄之魄，清劲之气，写奇丽之情。

——［清］郑文焯《与人论词遗札》

结句言知君忆我，我亦忆君。前半首之“霜风”“残照”，皆在凝眸怅望中也。

——俞陛云《唐五代两宋词选释》

此首亦柳词名著。一起写雨后之江天，澄澈如洗。“渐霜风”三句，更写风紧日斜之境，凄寂可伤。以东坡之鄙柳词，亦谓此三句“唐人佳处，不过如此”。“是处”四句，复叹眼前景物凋残，唯有江水东流，自起首至此，皆写景。“叹年”两句，自问自叹，为恨极之语。“想”字贯至“收”处，皆是从对面着想，与少陵之“香雾云鬟湿”作法相同。

——唐圭璋《唐宋词简释》

《八声甘州》是柳永名作之一，属于游子思乡的一段题材，不一定是作者本人在外地思念故乡妻子而写。据我看，为了伶工演唱而写的可能性还大些。然而，对景物的描写，情感的抒述，不仅十分精当，而且笔力很高，实可称名作而无愧。

——刘逸生《宋词小札》

天仙子

[北宋] 张 先

作品导读

春光流去，年华易逝，是词人心头缭绕不散的浓云。对镜伤情，惆怅低回，暮年如花落。即便如此，夜也不全然黯淡，因为忽然起的一阵风。

厚重的云被吹破了，露出一点罅隙，让人惊喜的是月亮恰好从这里经过，将清冽如水的光投下，暗夜微亮，未眠的花略带羞涩地垂眸看自己随风婆娑的影子。

词作者张先被称为“张三影”，是因其三句绝妙含“影”词句，其中之一便为“云破月来花弄影”这句（其余两句为“帘压卷花影”“堕飞絮无影”）。

而国学大师王国维在《人间词话》也说：“‘云破月来花弄影’，着一‘弄’字而境界全出矣。”更有鉴赏者玩味“破”与“来”之精妙。然诗无达诂，为诗句做注解是一件费力不讨好的事情，因为它本身已是一件艺术品。可这诗句所描摹的意境，流露的感情，又忍不住让人去想象，去表达……

关于作者

张先（990—1078），字子野，乌程（今浙江湖州吴兴）人，曾任安陆县知县，故人称“张安陆”，与柳永齐名。

时为嘉禾小倅，以病眠，不赴府会①。

《水调》数声持酒听②，午醉醒来愁未醒。送春春去几时回？临晚镜，伤流景③，往事后期空记省④。

沙上并禽池上暝⑤，云破月来花弄影。重重帘幕密遮灯，风不定，人初静，明日落红应满径。

①嘉乐：宋时郡名，今浙江省嘉兴市。倅（cuì）：副职，时张先任秀州通判。不赴府会：未去官府上班。②水调：曲调名。③流景：像水一样的年华，逝去的光阴。④“往事”句：往事已矣，难以追寻，后约渺茫，难以凭信，都不现实，只能徒然留在记忆中。⑤并禽：成对的鸟儿。这里指鸳鸯。暝：天黑，暮色笼罩。

名家点评

“云破月来花弄影”，景物如画，画亦不能至此，绝倒绝倒！

——［明］杨　慎《词品》

“云破月来”句，心与景会，落笔即是，着意即非，故当脍炙。

——［明］沈际飞《草堂诗余正集》

听“水调”而愁，自伤卑贱也。“送春”四句，喟流光易去，后期茫茫也。“沙上”二句，言所居岑寂，以沙禽与花自喻也。“重重”三句，言多障蔽也。结句仍缴送春本题，恐其时之晚也。

——［清］黄蓼园《蓼园词选》

此首不作发语之语，而自然韵高。中间自午至晚，自晚至夜，写来情景宛然。

——唐圭璋《唐宋词简释》

全词将词人慨叹年老位卑、前途渺茫之情与暮春之景有机地交融在一起，工于锻炼字句，体现了张词的主要艺术特色。

——王方俊《唐宋词赏析》

蝶恋花

［北宋］晏 殊

作品导读

古人的离愁别绪怕是今人无法体会的。别离后，只有尺素信札可寄，然而，长路迢迢，山高水阔，那浓稠的相思又是否能安然抵达？没有飞机没有高铁没有手机没有互联网，听不到声音，看不到容颜。所以，作为一个现代人，请你试着去理解一个古人的心情。

明艳的菊花笼在烟雾里那是“愁”，兰花上晶莹的露珠那是“泣”，见不得双飞的燕子，更恨月光如此明亮惹得人无法安眠……无法言说的孤独是：昨夜西风凋碧树，独上高楼，望尽天涯路。

关于作者

晏殊（991—1055），字同叔，抚州临川（今属江西）人，政治家、文学家。晏殊谥号元献，故世称“晏元献”，与其子晏几道被称为“大晏”和“小晏”，又与欧阳修并称“晏欧”。有《珠玉词》传世。

槛菊愁烟兰泣露①，罗幕轻寒②，燕子双飞去。明月不谙离恨苦③，斜光到晓穿朱户④。

昨夜西风凋碧树⑤，独上高楼，望尽天涯路。欲寄彩笺兼尺素⑥，山长水阔知何处。

①槛（jiàn）：古建筑常于轩斋四面房基之上围以木栏，上承屋角，下临阶砌，谓之槛。至于楼台水榭，亦多是槛栏修建之所。②罗幕：丝罗的帷幕，富贵人家所用。③不谙（ān）：不了解，没有经验。谙：熟悉，精通。④朱户：犹言朱门，指大户人家。⑤凋：衰落。碧树：绿树。⑥彩笺：彩色的信笺。尺素：书信的代称。古人写信用素绢，通常长约一尺，故称尺素，语出《古诗十九首》“客从远方来，遗我双鲤鱼。呼儿烹鲤鱼，中有尺素书”。兼：一作“无”。

名家点评

《诗·蒹葭》一篇，最得风人深致。晏同叔之“昨夜西风凋碧树，独上高楼，望尽天涯路”，意颇近之。但一洒落，一悲壮耳。

——王国维《人间词话》

作者工于词语，炼字精巧，善于将主观感情熔于景物描写之中。菊愁、兰泣、幕寒、燕飞、树凋、西风、路远、山长、水阔，这一切景物都充满了凄楚、冷漠、荒远的气氛，从而很好地表达了离愁别恨的主题。从词的章法结构来讲，以时间变化为经线，以空间转移为纬线，层次井然，步步深入。

——徐育民、赵慧文《历代名家词赏析》

踏莎行①

［北宋］欧阳修

作品导读

诗人皆有一颗善感的心灵和一支色彩独特的笔，他不仅看到残梅细柳，嗅到暖风中弥散的草木香气，还会这样去表达分离后挥不去的愁绪：人渐行渐远，离愁越来越多，以至于无穷无尽，没有边际，不会消散，这就如同此刻的春水，来路无穷，去程不尽。还有谁曾经用江水河水大海为喻，写出绝妙的句子？

请将这首词慢慢地读出声来，声律阴阳平仄的美，你感受到了吗？

关于作者

欧阳修（1007—1072），字永叔，号醉翁、六一居士，吉州永丰（今江西省吉安市永丰县）人，政治家、文学家、史学家，谥号文忠，世称欧阳文忠公，“唐宋散文八大家”之一，后人又将其与韩愈、柳宗元和苏轼合称“千古文章四大家”。有《欧阳文忠公文集》传世。

候馆梅残②，溪桥柳细，草薰风暖摇征辔③。离愁渐远渐无穷，迢迢不断如春水。

寸寸柔肠，盈盈粉泪④，楼高莫近危栏倚⑤。平芜尽处是春山⑥，行人更在春山外。

①踏莎（suō）行：词牌名，又名“柳长春”“喜朝天”等。②候馆：迎宾候客之馆舍。③薰：香气侵袭。征辔（pèi）：行人坐骑的缰绳。此句化用南朝梁江淹《别赋》“闺中风暖，陌上草薰”句。④盈盈：泪水充溢眼眶之状。粉泪：泪水流到脸上，与粉妆和在一起。⑤危栏：高楼上的栏杆。⑥平芜：平坦地向前延伸的草地。

名家点评

春水写愁，春山骋望，极切极婉。——［明］李攀龙《草堂诗余隽》

“平芜尽处是春山，行人更在春山外。”此淡语之有情者也。

——［明］王世贞《艺苑卮言》

唐宋人诗词中，送别怀人者，或从居者着想，或从行者着想，能言情婉挚，便称佳构。此词则两面兼写。前半首言征人驻马回头，愈行愈远，如春水迢迢，却望长亭，已隔万重云树。后半首为送行者设想，倚栏凝睇，心倒肠回，望青山无际，遥想斜日鞭丝，当已出青山之外，如鸳鸯之烟岛分飞，互相回首也。

——俞陛云《唐五代两宋词选释》

平芜已远，春山则更远矣，而行人又在春山之外，则人去之远，不能目睹，唯存想象而已。写来极柔极厚。

——唐圭璋《唐宋词简释》

蝶恋花

［北宋］欧阳修

作品导读

《蝶恋花·庭院深深深几许》堪称欧词之典范，李清照称赏不已，曾拟其语作“庭院深深”数阕。

这位女子，泪水盈盈，她问眼前的一树繁花：如何才能将春天留住？花默默不语。一阵清风，轻柔的花瓣因之起舞，缓缓落在无人的秋千上。却正是，“人愈伤心，花愈恼人”。

怎样的一位女子？她住在何处？为何会有如此一问？又为何泪眼婆娑？欧阳修的笔触细微到如此真切地表达旧时深锁闺阁女子的心思，而这情致却无一字直接言明，都渗透在词中的一景一物里了。

庭院深深深几许①，杨柳堆烟②，帘幕无重数。玉勒雕鞍游冶处③，楼高不见章台路④。

雨横风狂三月暮，门掩黄昏，无计留春住。泪眼问花花不语，乱红飞过秋千去。

①几许：多少。许，估计数量之词。②堆烟：形容杨柳浓密。③玉勒雕鞍：极言车马的豪华。玉勒：玉制的马衔。雕鞍：精雕的马鞍。游冶处：指歌楼妓院。④章台：汉长安街名。《汉书·张敞传》有“走马章台街”语。唐许尧佐《章台柳传》，记妓女柳氏事。后人以章台为歌妓聚居之地。

名家点评

首句叠用三个“深”字最新奇，后段形容春暮光景殆尽。

——［明］李廷机《新刻注释草堂诗余评林》

词家意欲层深，语欲浑成。……“泪眼问花花不语，乱红飞过秋千去。”此可谓层深而浑成。何也？因花而有泪，此一层意也；因泪而问花，此一层意也；花竟不语，此一层意也；不但不语，且又乱落，飞过秋千，此一层意也。人愈伤心，花愈恼人，语愈浅而意愈入，又绝无刻画费力之迹，谓非层深而浑成耶？然作者初非措意，直如化工生物，笋未出而苞节已具，非寸寸为之也。

——［清］王又华《古今词论》引毛先舒语

“三月暮”点季节，“风雨”点气候，“黄昏”点时刻，三层渲染，才逼出“无计”句来。

——俞平伯《唐宋词选释》

临江仙

［北宋］苏　轼

作品导读

宋神宗元丰三年（1080），苏轼因“乌台诗案”，被谪贬黄州（今湖北黄冈），他开垦出一片荒地，种上庄稼树木，名之曰东坡，自号东坡居士。这首词作于苏轼黄州之贬的第三年。

醒复醉，醉复醒，穿行在梦幻与现实中，置身于浪尖与低谷中，各种滋味，东坡最知。黄州职，有名无实，他忍受着寂寞孤独，一身才学成屠龙之术，惆怅低回中，他感受到人生的身不由已以及挣脱现实的艰难。若词到此止，不过感伤而已。然东坡是有些老庄情怀的，他能自己默默抚平心湖的波纹，于是他走向了自然，那是更广阔无挂碍的天地。“小舟从此逝，江海寄余生”，这余韵悠长、潇洒如仙的旷达，非常人所能及。

关于作者

苏轼（1037—1101），字子瞻，又字和仲，号东坡居士，宋代文学最高成就的代表，眉州眉山（今属四川省眉山市）人。其诗题材广阔，清新豪健，善用夸张比喻，与黄庭坚并称“苏黄”；词开豪放一派，与辛弃疾并称“苏辛”；同时，他是一位难得的天才与全才，在文学、书法、绘画方面也有极高的成就。有《东坡七集》《东坡易传》《东坡乐府》传世。

夜饮东坡醒复醉[1]，归来仿佛三更。家童鼻息已雷鸣。敲门都不应，倚杖听江声[2]。

长恨此身非我有[3]，何时忘却营营[4]？夜阑风静縠纹平[5]。小舟从此逝，江海寄余生。

①东坡：在湖北黄冈东，苏轼被谪贬黄州时友人马正卿助其垦辟的游息之所，筑雪堂五间。②听江声：苏轼寓居临皋，在湖北黄县南长江边，故能听长江涛声。③此身非我有：舜问丞吾身孰有，丞谓是天地之委形。见《庄子》。④营营：周旋、忙碌，内心躁急之状，形容奔走钻营、追逐名利。⑤夜阑：夜尽。阑：残，尽，晚。縠（hú）纹：比喻水波细纹。縠：绉纱类丝织品。

名家点评

词至东坡，倾荡磊落，如诗，如文，如天地奇观。

——［南宋］刘辰翁《辛稼轩词序》

这首词，写景、抒情、发议论，组合得非常好。夜归林皋，“倚杖听江声”，作者将客观物境与主观心境完全融为一体，在艺术创造上达到了出神入化之境，致使人难以辨别真假。

——施议对

苏东坡是一个无可救药的乐天派，一个伟大的人道主义者，一个百姓的朋友，一个大文豪、大书法家、创新的画家、造酒试验家，一个工程师，一个憎恨清教徒主义的人，一位瑜伽修行者、佛教徒、巨儒政治家，一个皇帝的秘书、酒仙、厚道的法官，一位在政治上专唱反调的人，一个月夜徘徊者，一个诗人，一个小丑。但是这还不足以道出苏东坡的全部。……苏东坡比中国其他的诗人更具有多面性天才的丰富感、变化感和幽默感，智能优异，心灵却像天真的小孩。

——林语堂《苏东坡传·原序》

卜算子

黄州定惠院寓居作①

［北宋］苏轼

作品导读

这首词既可以说是多解，又可以说无解，因为其表意的丰富和不确定。

词中的夜晚，漏断更深，万籁俱寂，缺月独挂在稀疏的梧桐枝上。此背景下，幽人一枚，独徘徊，如同缥缈的孤鸿之影。幽人为何人？是谪居黄州不久寂寞缠绕心头的东坡，还是仰慕东坡才学悄悄听其吟咏之声的女子？或者，还有其他可能？

无法断定，真正的意图唯东坡可知。不过，那幽人与孤鸿的影子契合为一，漂泊无依，寂寞独行，拣尽寒枝，栖身冷寂沙洲的凄美意境令人动容。

全词借物比兴，写景兴怀，托物咏人，物我交融，含蕴深广，风格清奇，为词中名篇。

缺月挂疏桐，漏断人初静②。谁见幽人独往来③，缥缈孤鸿影④。

惊起却回头，有恨无人省⑤。拣尽寒枝不肯栖，寂寞沙洲冷⑥。

①定惠院：在今湖北省黄冈东南。苏轼被初贬至黄州，寓居于此。②漏：指更漏，古人计时用的漏壶。这里“漏断”即指深夜。③幽人：《易·履卦》云“履道坦坦，幽人贞吉”，义为幽囚之人，引申为幽居、幽雅之人。苏轼为贬谪者，此处兼有本义与引申义。④缥缈：隐隐约约，若有若无。⑤省（xǐng）：理解，明白。⑥沙洲：江河中由泥沙淤积而成的陆地。

名家点评

语意高妙，似非吃烟火食人语，非胸中有万卷书，笔下无一点尘俗气，孰能至此！

——［北宋］黄庭坚《跋东坡乐府》

寓意高远，运笔空灵，措语忠厚，是坡仙独至处，美成（周邦彦）、白石（姜夔）亦不能到也。

——［清］陈廷焯《词则·大雅集》

和子由渑池怀旧①

[北宋] 苏 轼

作品导读

当年寺庙的老僧已经逝去；当年题诗的墙壁已然残破，字迹不复存在；当年骑驴颠簸在崎岖山路上的情形可还记得？这些片段会慢慢消融在时间的长河中，能够被记住的残留的印迹，如同什么呢？苏轼做了一个形象而优美的比喻：像鸿雁偶然略过雪地留下的爪印。所谓“雪泥鸿爪”，正由此而来。那爪印能留多久，不知，那鸿雁却是继续向前飞去了，向哪一个具体的方向，竟也是不得而知了。这道出了生命的实质：短暂易逝，漂泊不定，虽有苍凉之感，却也因此要更加珍重。

嘉祐六年（1058）冬，苏辙送苏轼至郑州，分手回京，作诗寄苏轼。这是苏轼的和作，全诗动荡明快，意境恣逸，悲凉中有达观，低沉中有昂扬，是苏轼七律中的名篇。

人生到处知何似，应似飞鸿踏雪泥②。
泥上偶然留指爪，鸿飞那复计东西。
老僧已死成新塔③，坏壁无由见旧题④。
往日崎岖还记否，路上人困蹇驴嘶⑤。

①子由：苏轼弟苏辙字子由。渑（miǎn）池：今河南渑池县。这首诗是和苏辙《怀渑池寄子瞻兄》而作。②“人生”句：此是和作，苏轼依苏辙原作中提到的雪泥引发出人生之感。③老僧：即指奉闲。古代僧人死后，以塔葬其骨灰。④坏壁：指奉闲僧舍。嘉祐三年（1056），苏轼与苏辙赴京应举途中曾寄宿奉贤僧舍并题诗舍壁。⑤蹇（jiǎn）驴：腿脚不灵便的驴子。蹇：跛脚。

名家点评

如骊龙之珠，抱而不脱。

——［元］杨 载《诗法家数》

前四句单行入律，唐人旧格；而意境恣逸，则东坡之本色。

——［清］纪 昀《始己评苏诗》

人所不能比喻者，东坡能比喻；人所不能形容者，东坡能形容。比喻之后，再用比喻；形容之后，再加形容。

——［清］施补华《岘佣说诗》

踏莎行

[北宋] 秦观

作品导读

雾气弥漫，月色朦胧，楼台、渡口因为这朦胧的夜色，显得模糊难辨。遭到贬谪的词人，久久地伫立在郴州的旅舍，他极目远望，想寻得陶渊明隐居其中的世外桃源。但是一个“断”字，便将词人拉回了现实——桃花源无处可寻啊！春寒料峭，孤寂清冷的词人在夜幕时分一遍遍地听杜鹃哀啼，像在催促诗人“不如归去，不如归去”。即使有再多亲友的书信来安慰他，也难以缓解词人心中难言的哀怨和凄苦的情怀。

王国维先生吟诵此诗时，禁不住挥笔题词：“少游词境最为凄婉，至‘可堪孤馆闭春寒，杜鹃声里斜阳暮’，则变而为凄厉矣。”（《人间词话》）由此可见，诗人所抒发的凄清凄苦，已然到了凄厉的程度。这不愧为词人婉约词中的杰作。

关于作者

秦观（1049—1100）字太虚，又字少游，北宋高邮（今江苏省高邮市）人，“苏门四学士”之一，别号邗沟居士、淮海居士，世称淮海先生，被尊为婉约派一代词宗。有《淮海集》《淮海居士长短句》传世。

雾失楼台，月迷津渡[1]，桃源望断无寻处。可堪孤馆闭春寒[2]，杜鹃声里斜阳暮[3]。

驿寄梅花，鱼传尺素[4]，砌成此恨无重数。郴江幸自绕郴山[5]，为谁流下潇湘去[6]？

①“雾失”两句：暮霭沉沉，楼台消失在浓雾中。月色朦胧，渡口迷失不见。②可堪：怎堪，哪堪，受不住。③杜鹃：鸟名，相传其鸣叫声像人言“不如归去”，容易勾起人的思乡之情。④“驿寄”两句：表示收到了来自远方的问候。陆凯《赠范晔诗》：“折梅逢驿使，寄与陇头人。江南无所有，聊寄一枝春。”东汉蔡邕《饮马长城窟行》：“客从远方来，遗我双鲤鱼。呼儿烹鲤鱼，中有尺素书。”⑤幸自：本自，本来是。⑥为谁流下潇湘去：为什么要流到潇湘去呢？意思是连郴江都耐不住寂寞，何况人呢？

名家点评

此首写羁旅，哀怨欲绝。起写旅途景色，已有归路茫茫之感。末引“郴江”“郴山”，以喻人之分别，无理已极，沉痛已极，宜东坡爱之不忍释也。

——唐圭璋《唐宋词简释》

头三句的象征与结尾的发问有类似《天问》的深悲沉恨的问语，写得这样沉痛，是他过人的成就，是词里的一个进展。

——叶嘉莹《唐宋词十七讲》

浣溪沙

[北宋] 秦观

作品导读

也许每个人心中都有一份闲愁，在不经意间爬上心头，却难以言明。然而，在这篇词中，诗人用委婉曲折之妙笔，向我们描绘了一种可知可感的闲愁。诗人连用了两个奇异的比喻："飞花"轻似梦，"细雨"细如愁，巧妙地向我们描述了梦似飞花、愁如细雨。诗人为何能把这份闲愁描绘得如此深婉幽眇呢？王国维曾说，"以我观物，而物皆着我以色彩"，也许便是答案。即景生情，因情生景，情恰能生景，景也恰能传情，这便是词作的境界所在。

秦观的这篇《浣溪沙》，描绘一个女子在春阴的怀抱里所生发的淡淡哀愁和轻轻寂寞，情景和谐相生，浑然一体，曾被誉为《淮海词》中小令的压卷之作。

漠漠轻寒上小楼①，晓阴无赖似穷秋②，淡烟流水画屏幽③。

自在飞花轻似梦，无边丝雨细如愁，宝帘闲挂小银钩④。

①轻寒：薄寒，有别于严寒和料峭春寒。②晓阴：早晨天阴着。无赖：词人厌恶之语。穷秋：秋天走到了尽头。③淡烟流水：画屏上轻烟淡淡，流水潺潺。幽：意境悠远。④宝帘：缀着珠宝的帘子，指华丽的帘幕。闲挂：很随意地挂着。

名家点评

他人之词，词才也；少游，词心也，得之于内，不可以传。

——［清］陈廷焯《白雨斋词话》引乔笙巢语

它的奇，可以分两层说。第一，“飞花”和“梦”，“丝雨”和“愁”，本来不相类似，无从类比。但词人却发现了它们之间有“轻”和“细”这两个共同点，就将四样原来毫不相干的东西联成两组，构成了既恰当又新奇的比喻。第二，一般的比喻，都是以具体的事物去形容抽象的事物，或者说，以容易捉摸的事物去比譬难以捉摸的事物。但词人在这里却反其道而行之。他不说梦似飞花，愁如丝雨，而说飞花似梦，丝雨如愁，也同样很新奇。

——沈祖棻《宋词赏析》

这首词没有一处用重笔，没有痛苦的呐喊，没有深情的倾诉，没有放纵自我的豪兴，没有沉湎往事的不堪。只有对自然界“漠漠轻寒”的细微感受，对“晓阴无赖”的敏锐体察，对“淡烟流水”之画屏的无限感触。这春愁，既没有涉及政治，又没有涉及爱情、友谊，或者其他什么。它其实只是写了一种生活的空虚之感。在一个敏感文人的心里，这种空虚寂寞伴随生命的全程，它和愿望、和理想、和对生命的珍视成正比，无边无际，无计可除。

——杨立群《中国古代文学专题》

青玉案

［北宋］贺　铸

作品导读

贺铸被后世美誉为“贺梅子”，就是由本首词的末句“梅子黄时雨”引发的。至于该首词的末三句：“一川烟草，满城风絮，梅子黄时雨”，宋代的罗大经如是评价：“以三者比愁之多也，尤为新奇，兼兴中有比，意味更长。”可见这首词的妙句着实不少。

这首词通过对一偶遇女子的虚实描写，抒发的却是“一种闲愁，两处忧愁”，一忧自己不知所往，二忧自己前途茫茫。诗人精妙的博喻手法，将捉摸不定、虚无缥缈却又时常萦绕在我们内心的闲愁，描写得有形有质、可触可感，化抽象为具象，充分显示了卓越的艺术手法。清代王闿运说：“一句一月，非一时也。”就是赞叹末句之妙。

“若问闲情都几许?”词作中诗人淡淡的愁绪到底是何种模样、哪般滋味？且来静静体味。

关于作者

贺铸（1052—1125），字方回，自号庆湖遗老，祖籍山阴（今浙江绍兴），因“一川烟草，满城风絮，梅子黄时雨”一句，而得“贺梅子”的雅号。

凌波不过横塘路[1]，但目送、芳尘去[2]。锦瑟华年谁与度[3]？月桥花院，琐窗朱户[4]，只有春知处。

碧云冉冉蘅皋暮[5]，彩笔新题断肠句[6]。若问闲愁都几许[7]？一川烟草，满城风絮，梅子黄时雨。

①凌波：形容女子步态轻盈。三国魏曹植《洛神赋》："凌波微步，罗袜生尘。"②芳尘：指美人。③锦瑟华年：指美好的青春时期。锦瑟：饰有彩纹的瑟。唐李商隐《锦瑟》："锦瑟无端五十弦，一弦一柱思华年。"④琐窗：雕绘连琐花纹的窗子。⑤碧：一作"飞"。冉冉：指云彩缓缓流动。蘅皋（héng gāo）：长着香草的水边高地。蘅：杜蘅，香草。⑥彩笔：比喻有写作的才华。⑦一川：遍地。

名家点评

叠写三句闲愁，真绝唱！

——［明］沈际飞《草堂诗余正集》

"一川烟草，满城风絮，梅子黄时雨。"不特善于喻愁，正以琐碎为妙。

——［清］沈　谦《填词杂说》

方回《青玉案》词工妙之至，无迹可寻，语句思路亦在目前，而千人万人不能凑拍。

——［清］先　著、程　洪《词洁》

其末句好处全在"试问"呼起，及与上"一川"二句并用耳。

——［清］刘熙载《艺概》

关河令①

[北宋] 周邦彦

作品导读

一个多阴少晴、昏暝凄冷的秋日，诗人注目远望，只听见云层深处孤雁的哀鸣。人去酒醒，诗人孤寂的只能以孤灯做伴，漫漫长夜孤枕难眠。这种客居他乡的凄切孤独之感，恐怕是每一个游子都能切身体会到的。

周邦彦是中国北宋末期著名的词人，他精通音律，创作了不少新词调。他的作品大多写闺情、羁旅，也有咏物佳作。语言的典丽清雅、铺叙艳丽是周邦彦词的一大特点。但是这首《关河令》全无艳丽之彩，有的只是一抹清冷之调，因其不同，更添一分慢慢吟咏的清味。

关于作者

周邦彦（1056—1121），字美成，号清真居士，钱塘（今浙江省杭州市）人，其词格律谨严，为后来格律词派词人所宗。有《片玉集》传世。

秋阴时晴渐向暝②，变一庭凄冷。伫听寒声③，云深无雁影。

更深人去寂静，但照壁、孤灯相映④。酒已都醒，如何消夜永⑤。

①关河令：欧阳修曾以此曲填写思乡之作，首句是“关河愁思望处满”。周邦彦遂取“关河”二字，命名为“关河令”，以寓羁旅思家之情。②时：片时、偶尔。暝：黄昏。③寒声：即秋声，指秋天的风声、雨声、虫鸟哀鸣声等。此处是指雁的鸣叫声。④照壁：古时筑于寺庙、广宅前的墙屏，与正门相对，作遮蔽、装饰之用，多饰有图案、文字。⑤消夜永：度过漫漫长夜。夜永，犹言长夜。

名家点评

其意淡远，其气浑厚。——［清］戈　载《宋七家词选序》

“云淡无雁影”五字千古。不必借酒浇愁，偏说酒已都醒，笔力劲直，情味愈见。——［清］陈廷焯《云韶集》

此首写旅况凄清。上片是日间凄清，下片是夜间凄清。日间由阴而暝而冷，夜间由入夜而更深而夜永。写景抒情，层层深刻，句句精绝。小词能拙重如此，诚不多见。上片末两句，先写寒声入耳，后写仰视雁影。因闻声，故欲视影，但云深无雁影，是雁在云外也。天气之阴沉、寒云之浓重，并可知已。下片，“人去”补述，但有孤灯相映，其境可知。末两句，一收一放，哀不可抑。搏兔用全力，观此愈信。——唐圭璋《唐宋词简释》

一剪梅

［宋］李清照

作品导读

年少夫妻分隔两地，情绪易郁结成客恨闺怨，此乃人伦之常，更何况是敏感神驰的女词人！

丈夫赵明诚远在一方，李清照将一腔相思之苦系于笔下。红藕香残而玉簟已应收，可知盛事已过心内哀凉；罗裙轻解，独自步上兰舟，荡桨水波的人形单影只。遥望云天，纵然有雁群南归，无奈锦书无着，纵使明月挂窗，人影已无觅处。这团怅然若失的心绪酝酿成对青春年华悄然流逝的伤悼，宕开的深深相思令愁肠百结，又该如何排解得开呢？

李清照虽非一位高产作家，其词流传至今的不过四五十首，却“无一首不工”，实在是“词家一大宗矣。”

关于作者

李清照（1084—1155），号易安居士，齐州章丘（今山东济南章丘）人，生活于两宋之交，婉约词派代表，有“千古第一才女”之称。著有《漱玉词》。

红藕香残玉簟秋①，轻解罗裳②，独上兰舟③。云中谁寄锦书来④，雁字回时，月满西楼。

花自飘零水自流，一种相思，两处闲愁。此情无计可消除，才下眉头，却上心头。

①红藕：红色的荷花。玉簟（diàn）秋：意谓时至深秋，精美的竹席已嫌清冷。②裳（cháng）：古人穿的下衣，也泛指衣服。③兰舟：《述异记》卷下谓，木质坚硬而有香味的木兰树是制作舟船的好材料，诗家遂以木兰舟或兰舟为舟之美称。④锦书：对书信的一种美称。《晋书·列女传》云窦滔妻苏蕙织锦为回文旋图诗，以赠其被徙流沙的丈夫。这种用锦织成的字称锦字，又称锦书。

名家点评

李易安“此情无计可消除，方下眉头，又上心头”，可谓憔悴支离矣。

——［明］王世贞《弇州山人词评》

此词颇尽离别之情，语意超逸，令人醒目。

——［明］李廷机《草堂诗余评林》

易安佳句，如《一剪梅》起七字云：“红藕香残玉簟秋”，精秀特绝，真不食人间烟火者。

——［清］陈廷焯《白雨斋词话》

满江红

[南宋] 岳飞

作品导读

岳飞的《满江红》，是引人注目的名篇。听过了“岳母刺字”的民间故事和“岳家军”的神勇，切齿于“莫须有”的千古奇冤后，吟诵这首词时，英雄的忠烈豪壮与忧愤激昂，凛凛犹若神明。

狼烟起，旗卷马嘶，热血满怀，沙场持长刀，何惧身死以报国？最忧无路请缨，报国无门。血泪满眶之时，且让英雄守土开疆，“待从头、收拾旧山河，朝天阙”，这倾出肺腑的丹心碧血可有人呼应？

岳飞工词，虽留传极少，但这首《满江红》英勇而悲壮，成为激励中华儿女的雄壮之音。

关于作者

岳飞（1103—1142），字鹏举，相州汤阴县（今河南安阳汤阴县）人，著名的军事家、战略家，位列南宋中兴四将之首。

怒发冲冠，凭栏处、潇潇雨歇①。抬望眼，仰天长啸，壮怀激烈。三十功名尘与土②，八千里路云和月③。莫等闲④、白了少年头，空悲切。

靖康耻⑤，犹未雪；臣子恨，何时灭！驾长车踏破，贺兰山缺。壮志饥餐胡虏肉，笑谈渴饮匈奴血。待从头、收拾旧山河，朝天阙⑥。

①潇潇：形容雨势急骤。②三十功名尘与土：三十年来，建立了一些功名，如同尘土。③八千里路云和月：形容南征北战、路途遥远、披星戴月。④等闲：轻易，随便。⑤靖康耻：宋钦宗靖康二年（1127），金兵攻陷汴京，虏走徽、钦二帝。⑥朝天阙：朝见皇帝。天阙：本指宫殿前的楼观，此指皇帝生活的地方。

名家点评

将军游文章之府，洵乎非常之才。……又：字字剑拔弩张。

［明］卓人月《古今词统》

词有与古诗同义者，“潇潇雨歇”，《易水》之歌也。

——［清］刘体仁《七颂堂词绎》

何等气概！何等志向！千载下读之，凛凛有生气焉。“莫等闲”二语，当为千古箴铭。

——［清］陈廷焯《白雨斋词话》

临安春雨初霁

〔南宋〕陆　游

作品导读

小楼只身，一夜听雨淅沥；次日清晨，深幽的小巷中传来了叫卖杏花的声音。绵绵春雨，春光淡荡，可曾体谅诗人一夜难眠？国事家愁，伴着这雨声而涌上眉间心头。在小雨初霁后书行草消遣，自品清茗，闲适恬静的背后，正藏着诗人无限的感慨与牢骚。怀有报国宏愿的人，要在客舍中等待多久呢？

陆游写这首诗时已六十二岁，在家乡山阴赋闲了五年。淳熙十三年（1186）春，作者奉诏入京，接受严州知州的职务，赴任之前，先到临安去觐见皇帝，住在西湖边上的客栈里听候召见，在百无聊赖中，写下了这首广泛传诵的名作。

关于作者

陆游（1125—1210），字务观，号放翁，越州山阴（今绍兴）人，文学家、诗人，与王安石、苏轼、黄庭坚并称“宋代四大诗人”。著有《剑南词稿》《渭南文集》《南唐书》等。

世味年来薄似纱，谁令骑马客京华①？
小楼一夜听春雨，深巷明朝卖杏花。
矮纸斜行闲作草，晴窗细乳戏分茶②。
素衣莫起风尘叹，犹及清明可到家③。

①世味：人世滋味，社会人情。客：客居。京华：京城之美称。因京城是文物、人才汇集之地，故称。②矮纸：短纸、小纸。斜行：倾斜的行列。草：指草书。细乳：沏茶时水面呈白色的小泡沫。分茶：宋元时煎茶之法。③素衣：原指白色的衣服，这里用作代称，是诗人对自己的谦称。风尘叹：因风尘而叹息。暗指不必担心京城的不良风气会污染自己的品质。

名家点评

小楼深巷卖花声，七字春愁隔夜生。

——［清］舒　位《书<剑南诗集>序》

江南春的神魄被这十四个字描绘尽了（编者按：指“小楼一夜听春雨，深巷明朝卖杏花”一句）。

——黄　裳《榆下说书》

“小楼”一联，从诗的意境看，有三个层次：身居小楼，一夜听雨，是一诗境；春雨如丝，绵绵不断，杏花开放，带露艳丽，另一诗境；深巷卖花，声声入耳，又一诗境。

——殷光熹《宋诗名篇赏析》

诉衷情

［南宋］陆　游

作品导读

写这首词时，陆游已年近七十，身处故地，未忘国忧。追忆当年意气之盛，词人以为可以为国立功万里之外，如今只落得一场梦幻。更叹如苏秦一样，功业无成，落魄潦倒，怎不生万端感慨！秋天木叶黄落，而自己也年老衰残。本应壮岁从戎，气吞胡虏，现在敌势依然，自己却空留老泪。谁能料到这一生竟如此矛盾？谁愿意过这样矛盾的时日？何必说出，朝廷屈辱投降，已令人“身老沧州”！

淳熙十六年（1189）陆游被弹劾罢官后，退隐山阴故居长达十二年。这一期间，他常常在风雪之夜，孤灯之下，回首往事，梦游梁州，由此写下了一系列诗词，《诉衷情》就是其中的一篇。

当年万里觅封侯，匹马戍梁州①。关河梦断何处，尘暗旧貂裘②。

胡未灭，鬓先秋⑤，泪空流。此生谁料，心在天山③，身老沧洲④。

①梁州：古陕西地。乾道八年（1172）陆游四十八岁时，投身到四川宣抚使王炎麾下襄理军务，时在南郑（今陕西汉中）。②尘暗旧貂裘：貂皮裘上落满灰尘，颜色为之暗淡。这里借用苏秦典故，说自己不受重用，未能施展抱负。③天山：在中国西北部，是汉唐时的边疆。这里代指南宋与金国相持的西北前线。④沧洲：靠近水的地方，古时常用来泛指隐士居住之地。这里是指作者位于镜湖之滨的家乡。

名家点评

情感真挚，丝毫不见半点虚假造作；语言通俗，明白如话；悲壮处见沉郁，愤懑却不消沉。所有这些，使陆游这首词感人至深，独具风格。

——《宋词鉴赏辞典》

陆游这首词，确实饱含着人生的秋意，但由于词人"身老沧洲"的感叹中包含了更多的历史内容，他的阑干老泪中融汇了对祖国炽热的感情，所以，词的情调体现出幽咽而又不失开阔深沉的特色，比一般仅仅抒写个人苦闷的作品显得更有力量，更为动人。

——史双元

丑奴儿

书博山道中壁①

［南宋］辛弃疾

作品导读

此词上片连用了两个“爱上层楼”，反复吟咏，方觉妙哉，少年不识愁滋味的情态尽在其中。下片又连用两句“欲说还休”，细细品味，那份历尽沧桑、忧国伤时的愤懑竟无法言说……真正的委屈是说不出来的，最后只得哽咽吞下，轻轻道一声“却道天凉好个秋”。没有忧愁却强说愁，真正有了忧愁却故作潇洒。为什么没有忧愁却要强说愁呢？因为忧愁在诗歌中显得很美。为什么到了真正识尽愁滋味时却回避忧愁呢？因为忧愁太痛苦，太折磨人心。也许有一天，我们会忽然读懂什么叫“少年不识愁滋味”。

关于作者

辛弃疾（1140—1207），字幼安，号稼轩，山东济南府历城（今济南市历城区）人，豪放派词人，人称词中之龙，与苏轼合称“苏辛”，与李清照并称“济南二安”。著有《稼轩长短句》等。

少年不识愁滋味②，爱上层楼。爱上层楼，为赋新词强说愁③。

而今识尽愁滋味，欲说还休。欲说还休，却道天凉好个秋。

①博山：在今江西省广丰西南。因状如庐山香炉峰，故名。淳熙八年（1181）辛弃疾罢职退居上饶，常过博山。②少年：指年轻的时候。③强（qiǎng）：勉强地，硬要。

名家点评

这首词外表虽则婉约，而骨子里却是包含着忧郁、沉闷不满的情绪。……用“却道天凉好个秋”这样一句闲淡的话，来结束全篇，用这样一句闲淡话来写自己胸中的悲愤，也是一种高妙的抒情法。深沉的感情用平淡的语言来表达，有时更耐人寻味。

——夏承焘《唐宋词欣赏》

这首词写得委婉蕴藉，含而不露，别具一格。

——张碧波《辛弃疾词选读》

菩萨蛮

书江西造口壁①

【南宋】辛弃疾

作品导读

追往事，叹今昔，念故国，情难抑。宋高宗时，金人曾渡江追击隆佑太后，皇太后逃到赣州才脱离危险。江西西部，金兵所至，生灵涂炭，造口于江西万安县，郁孤台就在现在的赣州。时过四十年，作者至此，郁然情发，遂作此词。清江依旧，可在诗人的眼中，滔滔江水汇聚了多少百姓流离失所的泪水？“西北望长安”，不过是借唐人情景表达对汴京的深情，他的痴情远望，穿越了无数青山叠嶂，伤心江水浩荡东流，即使重叠青山也阻挡不住。此时江边的他，听到的是鹧鸪声声，那颗忧国之心，不免又缭绕于深深的愁苦之中。

郁孤台下清江水②，中间多少行人泪。西北望长安，可怜无数山。

青山遮不住，毕竟东流去。江晚正愁余，山深闻鹧鸪③。

①造口：一名皂口，在江西万安县以南。②郁孤台：今江西省赣州市城区西北部贺兰山顶，又称望阙台，唐宋时为一郡形盛之地。清江：赣江与袁江合流处旧称清江。③鹧鸪：鸟名。传说其叫声如云“行不得也哥哥”，啼声凄苦。

名家点评

忠愤之气，拂拂指端。

——［明］卓人月《古今词统》

《菩萨蛮》如此大声镗鞳，未曾有也。

——梁令娴《艺蘅馆词选》引梁启超评语

此首书江西造口壁，不假雕脍，自抒悲愤。小词而苍莽悲壮如此，诚不多见。盖以直情郁勃，而又有气魄足畅发其情。起从近处写水，次从远处写山。下片，将山水打成一片，慨叹不尽。末以愁闻鹧鸪作结，尤觉无限悲愤。

——唐圭璋《唐宋词简释》

青玉案

元夕①

［南宋］辛弃疾

作品导读

元宵佳节，万灯闪烁，烟花纷飞，车水马龙，箫管悠扬，灯月交辉。在如此的人间仙境中，斯人却独自苦苦寻觅着。盛装的游女们个个雾鬓云鬟，盈盈的笑语，飘散的衣香，却都不是我想找到的那个孤高淡泊、超群拔俗的人儿。寻觅啊，寻觅，在灯火阑珊处，我竟看到了她。

作者写元夕的热闹景象，不在于歌颂长平气象，而在于突出“那人”不同流俗的品质。元宵佳节，一切的欢庆都只是铺陈，众人过着醉生梦死的生活，早已忘却了沦丧之悲，只有那人傲然独立，出淤泥而不染，不与世俗同流合污。

“众里寻他千百度，蓦然回首，那人却在，灯火阑珊处。”这一句在王国维的《人间词话》里还被用来说明文学创作的第三种境界。

东风夜放花千树[2]，更吹落、星如雨。宝马雕车香满路。凤箫声动[3]，玉壶光转[4]，一夜鱼龙舞[5]。

蛾儿雪柳黄金缕[6]，笑语盈盈暗香去。众里寻他千百度[7]，蓦然回首，那人却在，灯火阑珊处[8]。

①元夕：夏历正月十五日为上元节或元宵节，此夜称元夕或元夜。②花千树：指繁多而灿烂的灯火。③“凤箫”句：指笙、箫等乐器演奏。④玉壶：比喻明月，故继以“光转”二字，抑或指灯。⑤鱼龙舞：指舞动鱼形、龙形的彩灯，如鱼龙闹海一样。⑥“蛾儿”句：写元夕的妇女装饰。蛾儿、雪柳、黄金缕，皆古代妇女元宵节时头上佩戴的各种装饰品。这里指盛装的妇女。⑦他：泛指第三人称，古时就包括“她”。千百度：千百遍。⑧阑珊：零落稀疏的样子。

名家点评

稼轩“蓦然回首，那人却在灯火阑珊处”，秦、周之佳境也。

——［清］彭孙遹《金粟词话》

稼轩心胸发其才气，改之而下则扩。起二句赋色瑰异，收处和婉。

——［清］谭　献《谭评词辨》

自怜幽独，伤心人别有怀抱。

——梁令娴《艺蘅馆词选》引梁启超评语

暗香

［南宋］姜夔

作品导读

旧梦重温，得到的欣慰不过一点点，更多的却是悲伤。深夜清寒，与玉人攀摘梅花的场景早已远去，分离成了此生遗憾。年老日来忧郁，赏梅的兴致淡薄，完全忘记了赞赏春风寒梅的生花笔。无奈竹林外边稀疏的花朵，却偏偏把芬芳和寒意送入幽雅的座席，触人心怀，希望忘却的往事又上心头。此时，雪下得紧了，一片沉寂，正是梅花独放的时节。想象着折一枝寄到远方，恰是寂寞和怀念远人之情正浓。对酒泪下，红梅默默无言，当年情景又出现在回忆中，而今却只见得眼前这花瓣飘落了。

这首词创作于光宗绍熙二年（1191）冬天，当时姜夔载雪访范成大于石湖。他在石湖住了一个多月，自度《暗香》《疏影》二曲咏梅。

关于作者

姜夔（kuí）（1154—1221），字尧章，号白石道人，饶州鄱阳（今江西省鄱阳县）人，文学家、音乐家，对诗词、散文、书法、音乐无不精善，是继苏轼之后又一难得的艺术全才。有《白石道人诗集》《白石道人歌曲》《续书谱》《绛帖平》等书传世。

辛亥之冬，余载雪诣石湖。止既月，授简索句①，且征新声，作此两曲。石湖把玩不已，使工妓隶习之，音节谐婉，乃名之曰《暗香》《疏影》。

旧时月色，算几番照我，梅边吹笛。唤起玉人②，不管清寒与攀摘。何逊而今渐老③，都忘却、春风词笔。但怪得、竹外疏花，香冷入瑶席。

江国，正寂寂。叹寄与路遥④，夜雪初积。翠尊易泣，红萼无言耿相忆⑤。长记曾携手处，千树压、西湖寒碧。又片片、吹尽也，几时见得？

①授简索句：给纸索取诗调。②唤起玉人：写过去和美人冒着清寒、攀折梅花的韵事。③何逊：南朝梁诗人，以爱梅闻名。这里作者以何逊自比。④寄与路遥：表示音讯隔绝。这里暗用陆凯寄给范晔的诗："折花逢驿使，寄与陇头人。"⑤耿：耿然于心，不能忘怀。

名家点评

姜白石词，如野云孤飞，去留无迹……如疏影、暗香……不惟清空，又且骚雅，读之使人神观飞越。——［南宋］张　炎《词源》

二词（指《疏影》《暗香》）如绛云在霄，舒卷自如；又如琪树玲珑，金芝布护。——［清］许昂霄《词综偶评》

唯《暗香》《疏影》二词，寄意题外，包蕴无穷，可以与稼轩伯仲。——［清］周　济《介存斋论词杂著》

唐多令

〔南宋〕吴文英

作品导读

“何处合成愁，离人心上秋。”忧愁的“愁”字怎么合起来的？分离的人看秋色，秋色压在心上，愁绪便渐起。秋天本是收获的时节，如果人间没有分离，没有牵挂，单是望着秋色，哪来那么深的愁绪呢？“纵芭蕉不雨也飕飕。”秋风飕飕，芭蕉含情，人说天凉月明秋色好，可我却，怕登楼，孤独心怯之情跃然。流水落花春去也，燕辞归，而自己却客游在外不得回，怪谁呢？都怨那垂柳不解人意，不系裙带系行舟，试问，柳知情否？这一带有嗔怒的心理描写可谓传神。

关于作者

吴文英（约1200—1260），字君特，号梦窗，晚年又号觉翁，四明（今浙江宁波）人，有《梦窗词集》传世。

何处合成愁？离人心上秋①。纵芭蕉不雨也飕飕②。都道晚凉天气好，有明月，怕登楼。

年事梦中休，花空烟水流。燕辞归，客尚淹留③。垂柳不萦裙带住④，漫长是，系行舟。

①心上秋："心"上加"秋"字，即合成"愁"字。亦指心中悲秋之情。②"纵芭蕉"句：语序倒置，意为即使不下雨，芭蕉也发出凄凉的飕飕之声。③"燕辞归"句：此处用曹丕《燕歌行》"群燕辞归鹄南翔，念君客游思断肠。慊慊思归恋故乡，何为淹留寄他方"之意。客：作者自指。④萦：旋绕，系住。裙带：指燕，指别去的女子。

名家点评

此词疏快，不质实。

——［南宋］张　炎《词源》

所以感伤之本，岂在蕉雨？妙妙。

——［明］沈际飞《草堂诗余正集》

首二句以"心上秋"合成"愁"字，犹古乐府之"山上复有山"，合成征人之"出"字。金章宗之"二人土上坐"，皆借字以传情，妙语也。

——俞陛云《唐五代两宋词选释》

虞美人

听雨

［南宋］蒋捷

作品导读

我们不妨用知人论世的方法来读这首词。蒋捷出身于宜兴大族，过着锦衣玉食的日子，但是世道巨变，元朝灭掉了南宋，蒋捷不肯屈身事元，从此隐遁江湖，作别了“红烛昏罗帐”的生活。最后，眼望着宋朝再也无望复兴，他的心情自然绝望，不过历尽沧桑之后的心，变得豁达起来，从此走向大彻大悟的境界。

词中用“雨”这一意象，概括出了自己人生的三个片段。“少年听雨歌楼上，红烛昏罗帐。”少年不识愁滋味，在歌楼上点着红烛，歌舞风流，有雨无雨都不会影响眼前的欢愉。“壮年听雨客舟中，江阔云低，断雁叫西风。”中年心事浓如酒，经历过风雨波折之后，体味到的是雨声中的悲凉。“而今听雨僧庐下，鬓已星星也。悲欢离合总无情，一任阶前，点滴到天明。”这该是怎样的一种境界呢？三个片段，关乎生命的成长与彻悟，写尽了一生的悲欢与离乱。

关于作者

蒋捷（生卒年不详），字胜欲，号竹山，阳羡（今江苏宜兴）人，与周密、王沂孙、张炎并称“宋末四大家”。南宋亡，蒋捷深怀亡国之痛，隐居不仕，人称“竹节先生”“樱桃进士”。有《竹山词》等传世。

少年听雨歌楼上，红烛昏罗帐。壮年听雨客舟中，江阔云低，断雁叫西风[①]。

而今听雨僧庐下，鬓已星星也[②]。悲欢离合总无情[③]，一任阶前，点滴到天明。

①断雁：失群孤雁。②星星：白发点点如星，形容白发很多。左思《白发赋》："星星白发，生于鬓垂。"③无情：无动于衷。

名家点评

此种襟怀固不易到，亦不愿到。

——［清］许昂霄《词综偶评》

蒋竹山词未极流动自然，然洗练缜密，语多创获，其志视梅溪较贞，其思视梦窗较清。

——［清］刘熙载《艺概》

《虞美人·听雨》是宋词中运用时空表现的艺术手法高度简练而又概括着人生道路的杰出名篇之一。词人向我们推出三幅画面：温软香艳的"阁楼夜雨图"，凄风苦雨的"江舟秋霖图"，孤独苦寂的"僧庐听雨图"。三幅图卷组成了少年风流、壮年飘零、晚年孤冷的特定的人生长卷，从而透视了社会从相对安定到动荡离乱、劫后荒凉的演变过程。

——严迪昌

四块玉·闲适①（其二、其四）

[元] 关汉卿

作品导读

《四块玉·闲适》是元代伟大戏剧家关汉卿创作的组曲作品，由四首小令组成，此处选其中两首。

元代，道教盛行，社会黑暗，一些沉抑下僚、志不获展的士人，厌弃“利名场上苦奔波”“蜗牛角上争人我”的官场追逐，走到那“闲中自有闲中乐，天地一壶宽又阔”的世界里去。在关汉卿的这组小令中，无论是和朋友诗酒欢宴的惬意场面，还是倾诉自己为何愿意过闲适隐居生活的苦衷，都用笔质朴，言词率性，既有返璞归真的情味可品，又能泛起深沉凝重的波澜。作者傲岸的气骨和倔强的个性由此可见。

关于作者

关汉卿（约1219—约1301），晚号已斋、已斋叟，解州人（今山西省运城），元代杂剧奠基人，被誉为“曲圣”，与白朴、马致远、郑光祖并称为“元曲四大家”。代表作有《窦娥冤》《救风尘》《望江亭》等。

其二

旧酒投[2]，新醅泼[3]，老瓦盆边笑呵呵，共山僧野叟闲吟和。

他出一对鸡，我出一个鹅，闲快活！

①四块玉：曲牌名，入“南吕宫（古代乐律名）”，小令兼用。②投：本作“酘”（dòu），指再酿之酒。③醅（pēi）泼：醅指未滤过的酒；泼即“酦（pō）”，指酿酒，新醅泼是说新酒也酿出来了。

其四

南亩耕[1]，东山卧[2]，世态人情经历多，闲将往事思量过。

贤的是他，愚的是我，争什么！

①南亩：指农田。②东山卧：指隐居。用晋代谢安隐居东山典故。

名家点评

他也曾像陶渊明、谢安等人一样有过治国平天下以济苍生的宏伟抱负，但在亲身经历纷繁万种的世态人情，看透了世态炎凉的社会世相之后，诗人终于若有所悟。恍然回首，“闲将往事思量过”，明白了“世态”为何物，人情又为何物。

——《元曲鉴赏辞典》

天净沙·秋

[元] 白朴

作品导读

日头平西，落霞满天，小村披拂着斜晖；炊烟袅袅几如凝，老树枝丫不动纹丝，乌鸦竖羽辍立枝头。在这宁静的秋景当中，突然掠过一只孤飞的大雁，投下了一点剪影。这一动态的骤然出现，打破了静景的观感，使人心为之一动。全曲未着一个“秋”字，而处处见“秋意”，如果说马致远被称为“秋思之祖”的话，那么白朴应当之无愧地被推为“秋意之圣”。元代文人画很讲究“逸笔草草，不求形似，聊以自娱”，白朴小令，与其恰恰出于同一种审美情趣。

关于作者

白朴（1226—约1306），原名恒，字仁甫，后改名朴，字太素，号兰谷，祖籍陕州（今山西河曲一带），著名杂剧家。代表作有《唐明皇秋夜梧桐雨》《裴少俊墙头马上》等。词作有《天籁集》。

孤村落日残霞，轻烟老树寒鸦[①]，一点飞鸿影下[②]。
青山绿水，白草红叶黄花[③]。

①轻烟：轻淡的烟雾。寒鸦：天寒即将归林的乌鸦。②飞鸿影下：雁影掠过。③白草：本牧草。曲中为枯萎而不凋谢的白草。又解释为一种草名。黄花：菊花。

名家点评

这首小令不仅不俗，还很是典雅。词、曲有雅、俗之别，一般来说，词尚妩媚、含蓄，而曲贵尖新、直率。白朴的这支小令却有词的意境。曲中虽无“断肠人在天涯”之类句子，抒情主人公却时隐时现，在烟霞朦胧之中，传达出一种“地老天荒”的寂静。

——《唐诗宋词元曲（精选）》

临江仙

[明] 杨慎

作品导读

《论语·子罕》云“子在川上曰：逝者如斯夫”，杜甫沉吟“无边落木萧萧下，不尽长江滚滚来”，苏轼叹道“大江东去，浪淘尽，千古风流人物”，时间流逝，历史的长河流至杨慎胸中，对错成败，功名事业，化作“是非成败转头空”，终究江山永恒，人生短暂。此时的杨慎获罪明世宗，身戴枷锁，被押解发配至云南充军。行至湖北江陵，见一渔夫和一柴夫在江边煮鱼喝酒，谈笑风生。青山夕阳下，杨慎从历史兴衰、人生沉浮的触痛中走出来，以高远深邃的目光回望：青山不老，看尽炎凉事态；佐酒笑语，释去心头重负。

这首《临江仙》原是杨慎晚年所著历史通俗说唱之作《廿一史弹词》中第三段《说秦汉》的开场词，后来被清初的毛宗岗用到《三国演义》的卷首，结果名扬四海。

关于作者

杨慎（1488—1559），字用修，号升庵，后因流放滇南，故自称博南山人、金马碧鸡老兵，文学家，明代三大才子之首。有《升庵集》传世。

滚滚长江东逝水，浪花淘尽英雄。是非成败转头空。青山依旧在，几度夕阳红。

白发渔樵江渚上①，惯看秋月春风②。一壶浊酒喜相逢。古今多少事，都付笑谈中。

①渔樵：指隐居不问世事的人。渚（zhǔ）：原意为水中的小块陆地，此处意为江岸边。②秋月春风：指良辰美景。也指美好的岁月。

名家点评

下片展现了一个白发渔樵的形象，任它惊骇涛浪、是非成败，他只着意于春风秋月，在握杯把酒的谈笑间，固守一份宁静与淡泊。而这位老者不是一般的渔樵，而是通晓古今的高士，就更见他淡泊超脱的襟怀，这正是作者所追求的理想人格。

——丰家骅《杨慎评传》

长相思

［清］纳兰性德

作品导读

二十几岁的纳兰性德，风华正茂，他出身豪门，又是御前侍卫，本应春风得意，然而，出关巡行引发的却是他悠长的慨叹和深沉的倦旅之情。严迪昌《清词史》说："'夜深千帐灯'是壮丽的，但千帐灯下照着无眠的万颗乡心，又是怎样情味？一暖一寒，两相对照，写尽了自己厌于扈从的情怀。"又一程，再一更，塞外正席地狂风、铺天暴雪，在这样的夜里，他辗转反侧，情苦不寐，天涯羁旅，身泊异乡、梦回家园的浓烈情思此刻该如何承受？

清康熙二十一年（1682）二月十五日，康熙因云南平定，出关东巡，祭告奉天祖陵。纳兰随从康熙帝诣永陵、福陵、昭陵告祭，二十三日出山海关。塞上风雪凄迷，苦寒的天气引发了纳兰对京师中家的思念，于是写下了这首词。

关于作者

纳兰性德（1655—1685），叶赫那拉氏，字容若，满洲正黄旗人，著名词人。《纳兰词》在纳兰性德生前即产生过"家家争唱"的轰动效应，身后更是被誉为清朝"第一词人""第一学人"。著有《通志堂集》《侧帽集》《饮水词》等。

山一程，水一程，身向榆关那畔行①，夜深千帐灯②。
风一更，雪一更，聒碎乡心梦不成③，故园无此声。

①榆关：即今山海关，在今河北秦皇岛东北。那畔：即山海关的另一边，指身处关外。②千帐灯：皇帝出巡临时住宿的行帐的灯火。千帐：言军营之多。③聒（guō）：声音嘈杂，这里指风雪声。

名家点评

《饮水词》哀感顽艳，得南唐二主之遗。

——［清］江顺诒《词学集成》引陈维崧语

容若短调，清新婉丽，诚如其自道所云。并誉其为国初第一词手。……一洗雕虫篆刻之讥……其所为词，纯任性灵，纤尘不染。

——［清］况周颐《蕙风词话》

纳兰容若以自然之眼观物，以自然之舌言情，此初入中原未染汉人风气，故能真切如此，北宋以来，一人而已。

——王国维《人间词话》

成容若君度过了一季比诗歌更诗意的生命，所有人都被甩在了他橹声的后面，以标准的凡夫俗子的姿态张望并艳羡着他。但谁知道，天才的悲情却反而羡慕每一个凡夫俗子的幸福，尽管他信手的一阕词就波澜过你我的一个世界，可以催漫天的焰火盛开，可以催漫山的荼靡谢尽。

——徐志摩

浣溪沙

[清] 纳兰性德

作品导读

西风渐紧，寒意侵人，黄叶、疏窗、残阳触绪伤神，这深秋的一切皆来叨扰，一扇关闭的窗岂能阻挡感伤的回忆？阴阳两隔的世界，谁还会在风冷日寒之际，催促我加添衣裳，凉的又岂是天气？空荡荡的屋里，独立一隅，只任夕阳拉长凄凉的身影。又想起春日醉困入睡，你轻轻来到身边；想起和你以茶赌书，笑翻了香茶几杯。想起所有和你有关的场景，将它们一一温过。无奈生死茫茫，“我是人间惆怅客”，“寻常”二字里是今日难以道尽的酸苦。

纳兰性德妻子卢氏多才多艺，和他有着共同的兴趣爱好。他和这位妻子有着深厚的感情，可惜的是成婚三年后卢氏亡故，这首词就是纳兰性德为悼念亡妻所做。

谁念西风独自凉①，萧萧黄叶闭疏窗②，沉思往事立残阳。

被酒莫惊春睡重③，赌书消得泼茶香④，当时只道是寻常。

①谁：此处指亡妻。②萧萧：风吹叶落发出的声音。疏窗：刻有花纹的窗户。③被酒：酒醉。春睡：醉困沉睡，脸上如春色。④赌书：此处为李清照和赵明诚的典故。李清照《金石录后序》云：“余性偶强记，每饭罢，坐归来堂，烹茶，指堆积书史，言某事在某书某卷第几页第几行，以中否角胜负，为饮茶先后。中即举杯大笑，至茶倾覆怀中，反不得饮而起，甘心老是乡矣！故虽处忧患困穷而志不屈。”此句以此典为喻，说明往日与亡妻有着像李清照一样的美满的夫妻生活。消得：消受，享受。

名家点评

（纳兰词）蕴藉流逸，根乎情乎。

——［清］严绳孙《成容若遗稿序》

容若词一种凄婉处，令人不忍卒读。人言愁，我始欲愁。

——张秉戍《纳兰词笺注》引顾贞观语

纳兰词缠绵清婉，为当代冠。 ——郑振铎

全词情景相生。由西风、黄叶，生出自己孤单寂寞和思念亡妻之情；继由思念亡妻之情，生出对亡妻在时的生活片断情景的回忆；最后则由两个生活片断，产生出无穷的遗憾。景情互相生发，互相映衬，一层紧接一层，虽是平常之景之事，却极其典型，生动地表达了作者沉重的哀伤，故能动人。

——刘永生《明清词曲选》

《论语》选读

孔子

作品导读

在历史的长河中，每一个民族都有自己的理想人格，君子观是中国儒家传统的理想人格，也是整个传统中国伦理思想中十分重要的内容。“君子”也是《论语》里面一个非常重要的概念，它出现的频率非常高，根据杨伯峻在《论语译注》中的统计，“君子”一词在《论语》中共出现107次，涉及为人处世的方方面面。《论语》中的君子是一个复杂饱满的立体形象，以仁为质，以礼为用，文质相兼，修德、治学、孝亲，形成一个立体的君子修养体系。

君子，即使是现在，也是无数人在心底无言而坚韧的人格追求。《论语》塑造出胸怀坦荡宽广、目光睿智机敏、待人谦虚有礼的君子形象，鲜明生动，成为人们仰之弥高、望之弥坚的精神丰碑。

关于作者

孔子（前551—前479），名丘，字仲尼，鲁国人，春秋时期伟大的思想家、教育家、政治家，儒家学派的创始人。代表作《论语》共20篇、492章，首创“语录体”，是春秋时期一部语录体文集，记录了孔子及其弟子的言行，由孔子弟子及再传弟子编纂而成。

子曰："君子不重①，则不威；学则不固。主忠信。无友不如己者②。过，则勿惮改③。"（《学而》）

子曰："君子食无求饱，居无求安，敏于事而慎于言，就有道而正焉④，可谓好学也已。"（《学而》）

子曰："君子不器⑤。"（《为政》）

子曰："君子之于天下也，无适也⑥，无莫也⑦，义之与比⑧。"（《里仁》）

子曰："质胜文则野⑨，文胜质则史⑩。文质彬彬⑪，然后君子。"（《雍也》）

子曰："君子坦荡荡⑫，小人长戚戚⑬。"（《述而》）

①重：庄重、自持。②无：通"毋"，"不要"的意思。③惮：害怕、畏惧。④就：靠近、看齐。有道：指有道德的人。正：匡正、端正。⑤器：器具。⑥适：亲近、厚待。⑦莫：疏远、冷淡。⑧比：亲近、相近、靠近。⑨质：朴实、自然，无修饰的。文：文采，经过修饰的。野：此处指粗鲁、鄙野，缺乏文采。⑩史：言词华丽，这里有虚伪、浮夸的意思。⑪彬彬：指文与质的配合很恰当。⑫坦荡荡：心胸宽广、开阔、容忍。⑬长戚戚：经常忧愁、烦恼的样子。

子曰："君子成人之美，不成人之恶。小人反是。"（《颜渊》）

子曰："君子泰而不骄①，小人骄而不泰。"（《子路》）

子曰："君子道者三，我无能焉：仁者不忧，知者不惑，勇者不惧。"子贡曰："夫子自道也。"（《宪问》）

子曰："君子义以为质②，礼以行之，孙以出之③，信以

成之。君子哉！”（《卫灵公》）

孔子曰：“君子有九思：视思明，听思聪，色思温[4]，貌思恭[5]，言思忠[6]，事思敬[7]，疑思问[8]，忿思难[9]，见得思义[10]。”（《季氏》）

子夏曰：“君子有三变：望之俨然[11]，即之也温[12]，听其言也厉。”（《子张》）

①泰：宽宏、宽厚。骄：傲慢。②质：本体，根本。③孙：同“逊”，谦逊。④色：脸色，面容之静谓之色。⑤貌，容貌，面容之动谓之貌，似可引申为仪态。⑥忠：诚恳，尽心尽力。⑦敬：严肃、谨慎、不怠慢、一丝不苟。⑧问：向别人请教。⑨难：灾难。⑩得：有利可得。义：合宜，道义。⑪俨然：严肃庄重的样子。⑫即：靠近，接近。

名家点评

《论语》之最大价值，在教人以人格的修养。修养人格，决非徒恃记诵或考证，最要是身体力行，使古人所教变成我所自得。孔子讲的人格标准，凡是人都要遵守的，并不因地位的高下生出义务的轻重来。——梁启超

我认为：今天的中国读书人，应负两大责任。一是自己读《论语》，一是劝人读《论语》。——钱　穆

“四书”我最喜欢《论语》，因为最有趣，读《论语》，读的是一句一句话，看见的却是一个一个人，书里的一个个弟子，都是活生生的，一个一个样儿，各不相同。——杨　绛

《孟子》选读

孟子

作品导读

先秦诸子中有很多人都擅长辩论，孟子就是其中极为杰出的一个。《孟子》长于论辩，更具艺术的表现力，具有文学散文的性质。孟子善于运用类比、推理和譬喻，往往是欲擒故纵、反复诘难，迂回曲折地把对方引入自己预设的结论中。孟子善辩的背后，我们看到了他强大的人格魅力。

“王顾左右而言他”的故事精彩凝练，情趣盎然，虽无一字涉及形象，可是一段读毕，人物性格便跃然纸上，潜台词已昭然若揭，于是，古往今来的读者都乐了。“月攘一鸡”是一条偷鸡贼的逻辑，以数量减少来遮掩性质不改的问题，生动幽默，看似荒唐可笑，实际上是人心写照。

孟子说：“我善养吾浩然之气。”如今，我们就是要与这样的经典同行。

关于作者

孟子（约前372—约前289），名轲，字子舆，邹国人，战国时期伟大的思想家、政治家，儒家学派的代表人物。代表作《孟子》属语录体散文集，记录了孟子的言行，由孟子及其弟子编写而成。

孟子谓齐宣王曰："王之臣有托其妻子于其友而之楚游者①，比其反也②，则冻馁其妻子③，则如之何④？"

王曰："弃之⑤。"

曰："士师不能治士⑥，则如之何？"

王曰："已之⑦。"

曰："四境之内不治⑧，则如之何？"

王顾左右而言他⑨。

（《孟子·梁惠王下》）

①妻子：妻子和儿女。之：到……去。②比：等到。反：通"返"，回来。③冻：使……冻，受冻。馁（něi）：使……饥饿，挨饿。④如之何：对他怎么办？⑤弃：抛弃，此指绝交。⑥"士师"句：士师，古代的司法官。士师之下有乡士、遂士等官。后一个"士"当指士师的下属。治，管理。⑦已：止，这里指罢免。⑧四境：国家。⑨顾：环顾四周。

戴盈之曰①："什一②，去关市之征③，今兹未能，请轻之，以待来年，然后已，何如？"

孟子曰："今有人日攘其邻之鸡者④，或告之曰：'是非君子之道。'曰：'请损之⑤，月攘一鸡，以待来年，然后已。'如知其非义，斯速已矣，何待来年？"

（《孟子·滕文公下》）

①戴盈之：人名，宋国大夫。②古代赋税制度，十分税一，称"什一"。③关市：关卡和市场的合称。④攘：窃取，偷。⑤损：减少，减小。

名家点评

气势浩然是《孟子》散文的重要风格特征。这种风格源于孟子人格修养的力量。具有这种浩然之气的人，能够在精神上压倒对方，能够做到藐视政治权势，鄙夷物质贪欲，气概非凡，刚正不阿，无私无畏。《孟子》中大量使用排偶句、叠句等修辞手法，来增强文章的气势，使文气磅礴，若决江河，沛然莫之能御。

——袁行霈《中国文学史》

《庄子》选读

庄子

作品导读

“逍遥游”一词出自《庄子》第一篇，其开篇语云：“北冥有鱼，其名为鲲……”流传久远，妇孺皆知。《逍遥游》的想象奇特怪诞，洋溢着浪漫色彩，追求顺其自然无所依，最终获得无穷的自在自由。

“鼓盆而歌”的故事中，庄子不是不在乎生命的死亡，而是要启示世人解脱生命的负担。对他来说，死生存亡是一个整体，其间发生变化十分自然，就像春夏秋冬交替运行一样，因此不应该好生恶死，广而言之，就是不应该让一切外事外物打乱内心的和美。

最后一则选文里，庄子坚定地抛开了沽名钓誉的机会。这类逸事，经过正史的记录，更增加了不少的光彩。对于“吾将曳尾于涂中”，古人评曰：“结韵悠然有致。”

关于作者

庄子（约前369—前286或前275），名周，字子休，宋国人，战国时期著名的思想家、哲学家、文学家，道家学派的代表人物。代表作《庄子》，分为内篇、外篇、杂篇，以“寓言”“重言”“卮言”为主要表现形式，在哲学、文学上都有较高研究价值，和《周易》《老子》并称为“三玄”。

北冥有鱼[①]，其名为鲲[②]。鲲之大，不知其几千里也。化而为鸟，其名为鹏[③]。鹏之背，不知其几千里也；怒而飞[④]，其翼若垂天之云[⑤]。是鸟也，海运则将徙于南冥[⑥]。南冥者，天池也[⑦]。齐谐者[⑧]，志怪者也[⑨]。谐之言曰："鹏之徙于南冥也，水击三千里[⑩]，抟扶摇而上者九万里[⑪]，去以六月息者也[⑫]。"野马也[⑬]，尘埃也[⑭]，生物之以息相吹也。天之苍苍，其正色邪[⑮]？其远而无所至极邪？其视下也亦若是，则已矣。

（《庄子·逍遥游》）

①冥：通"溟"，指海色深黑。"北冥"，北海。下文"南冥"，指南海。传说北海无边无际，水深而黑。②鲲：本指鱼卵，这里借表大鱼之名。③鹏：本为古"凤"字，这里指传说中的大鸟。④怒：奋起。这里指鼓起翅膀。⑤垂：悬挂。⑥海运：海动。古有"六月海动"之说。海运之时必有大风，因此大鹏可以乘风南行。⑦天池：天然形成的大水池。⑧齐谐：书名。出于齐国，多载诙谐怪异之事，故名"齐谐"。⑨志怪：记载怪异的事物。⑩击：拍打，这里指鹏鸟奋飞而起双翼拍打水面。⑪抟：环旋着往上飞。扶摇：一种旋风，又名飙，由地面急剧盘旋而上的暴风。九：表虚数，不是实指。⑫去：离，这里指离开北海。"去以六月息者也"指大鹏飞行六个月才止息于南冥。⑬野马：指游动的雾气。古人认为：春天万物生机萌发，大地之上游气奔涌如野马一般。⑭尘埃：扬在空中的土叫"尘"，细碎的尘粒叫"埃"。⑮苍苍：深蓝。其正色邪：或许是上天真正的颜色？其：抑，或许。邪：同"耶"，疑问语气词。

庄子妻死，惠子吊之[①]，庄子则方箕踞鼓盆而歌[②]。

惠子曰："与人居长子，老身死，不哭亦足矣，又鼓盆而歌，不亦甚乎！"

庄子曰："不然。是其始死也，我独何能无概然[③]！察其始而本无生，非徒无生也，而本无形，非徒无形也，而本无气。杂乎芒芴之间[④]，变而有气，气变而有形，形变而有生，今又变而之死，是相与为春秋冬夏四时行也。人且偃然寝于巨室[⑤]，而我噭噭然随而哭之[⑥]，自以为不通乎命，故止也。"

（《庄子·至乐》）

①惠子：即惠施（约前370—前310），宋国人，与庄子为友，曾做过魏相，战国时期著名哲学家，名家学派的代表人物。②箕踞：张开两腿坐着，形似簸箕，这种坐姿古人视为粗鲁无礼。③概：通"慨"。④芒芴（huǎng hū）：形容不可辨认、不可捉摸。⑤巨室：指天地之间。⑥噭噭（jiào jiào）：悲哭声。

庄子钓于濮水[①]，楚王使大夫二人往先焉[②]，曰："愿以境内累矣[③]！"

庄子持竿不顾[④]，曰："吾闻楚有神龟，死已三千岁矣，王巾笥而藏之庙堂之上[⑤]。此龟者，宁其死为留骨而贵乎，宁其生而曳尾于涂中乎[⑥]？"

二大夫曰："宁生而曳尾涂中。"

庄子曰："往矣！吾将曳尾于涂中。"

（《庄子·秋水》）

①濮水：水名。②往先焉：指先前往表达心意。③“愿以”句：希望把国内政事托付于你，劳累你了。④顾：回头看。⑤巾：覆盖用的丝麻织品。这里名词用作动词，用锦缎包裹。笥（sì）：一种盛放物品的竹器。这里名词用作动词，用竹匣装。⑥曳：拖。涂：泥。

名家点评

汪洋辟阖，仪态万方，晚周诸子之作，莫能先也。

——鲁　迅《汉文学史纲要》

秦汉以来的每部中国文学史，差不多大半是在他的影响之下发展的，以思想家而兼文章家的人，在中国古代哲人中，实在是绝无仅有。

——郭沫若

一个人生活的体验愈多，愈能欣赏庄子思想视野的宽广、精神空间的开阔及其对人生的审美意境；一个人社会阅历愈深，愈能领会庄子的“逍遥游”实乃“寄觉痛于悠闲”，而其思想生命的底层，则未始不潜藏着浓厚的愤激之情。

凡是纠缠于现代人心中那些引起不安情绪的因素，全都在庄子的价值系统中烟消云散。他扬弃世人的拖累，强调生活的朴质。蔑视人身的偶像，夸示个性的张扬，否定神鬼的权威……总之，接近他时便会感到释然，在他开创的世界中，心情永远是那么无忧无虑，自由自在。

——陈鼓应

叔向贺贫

《国语》

作品导读

好富恶贫是人之常情。然而，“富”就真值得众人“好之”？“贫”就真需要“人人避而远之”？春秋时期晋国的叔向对“贫”的解读，可以说在一定程度上为我们对待贫困问题提供了有益的参考。这就要从韩暄子的“忧贫”说起。

在“有卿之名而无其实”的韩宣子“忧贫”时，叔向反而“贺之”。“贺”因何而来？你我不解，韩宣子亦以“何故”问之。随着栾、郤两家故事的娓娓道来，“忧德之不建”还是“患货之不足”这一辩题的答案，已在韩宣子心中豁然开朗。

“一箪食，一瓢饮，在陋巷，人不堪其忧，回也不改其乐。”孔子赞叹安贫乐道的颜回贤德；圣贤亦有言，“君子不患位之不尊，而患德之不崇”。“忧德”是人生的智慧，不妨学做“忧德”之人，开启智慧人生。

关于作者

《国语》是中国最早的一部国别体著作，记录了周朝王室和鲁国、齐国、晋国、郑国、楚国、吴国、越国等诸侯国的历史，包括各国贵族间朝聘、宴飨、讽谏、辩说、应对之辞以及部分历史事件与传说。

《国语》的作者，自古存在争议，迄今未有定论。有学者指出，《国语》并非出自一人、一时、一地，它主要来源于春秋时期各国史官的记述，后来经过熟悉历史掌故的人加工润色，大约在战国初年或稍后编纂而成。

叔向见韩宣子①，宣子忧贫，叔向贺之，宣子曰："吾有卿之名，而无其实②，无以从二三子③，吾是以忧，子贺我何故?"对曰："昔栾武子无一卒之田④，其宫不备其宗器⑤，宣其德行，顺其宪则⑥，使越于诸侯⑦，诸侯亲之，戎、狄怀之⑧，以正晋国，行刑不疚⑨，以免于难。及桓子⑩骄泰奢侈⑪，贪欲无艺⑫，略则行志⑬，假贷居贿⑭，宜及于难，而赖武之德，以没其身⑮。及怀子改桓之行⑯，而修武之德，可以免于难，而离桓之罪⑰，以亡于楚。夫郤昭子⑲，其富半公室⑳，其家半三军㉑，恃其富宠，以泰于国㉒，其身尸于朝㉓，其宗灭于绛㉔。不然，夫八郤，五大夫三卿，其宠大矣，一朝而灭，莫之哀也㉕，唯无德也。今吾子有栾武子之贫，吾以为能其德矣㉖，是以贺。若不忧德之不建，而患货之不足，将吊不暇㉗，何贺之有?"

宣子拜稽首焉㉘，曰："起也将亡㉙，赖子存之，非起也敢专承之㉚，其自桓叔以下㉛，嘉吾子之赐㉜。"

①韩宣子：名起，晋国的正卿。卿的爵位在公之下，大夫之上。②实：财富。③无以从二三子：没有（足够的财富）与贵族官员交往。从：追随、交往。二三子：指卿大夫。④栾武子：栾书，晋国上卿。一卒之田：一百顷土地。一卒：一百人。上卿应有一旅（五百人）之田，即五百顷，上大夫应有一卒之田。⑤宗器：宗庙中祭祀用的礼器。⑥宪则：法度。⑦使越于诸侯：使晋国的地位超过其他诸侯国。⑧怀：归向。⑨行刑不疚：栾书能依法行事，没有差错。⑩桓子：栾书的儿子栾黡(yǎn)。⑪骄泰：傲慢奢侈。⑫艺：限度。⑬略则行志：违法乱纪，一意孤行。⑭假贷居贿：把财物借给人家，囤积居奇，从中取利。假贷：借。居贿：蓄积财物。⑮以没其身：终生没有遭到祸患，得以寿终正寝。

⑯怀子：栾黡的儿子栾盈。⑰离：通“罹”，遭受。⑱亡：逃亡。⑲郤昭子：郤至，晋国上卿。⑳公室：公家，指国家。㉑其家半三军：他家里的佣人抵得过三军的一半。当时的兵制，诸侯大国三军，合三万七千五百人。㉒泰：奢侈，骄纵。㉓其身尸于朝：（郤昭子后来被晋厉公派人杀掉）他的尸体摆在朝堂示众。㉔其宗灭于绛：他的宗族被灭于绛。绛：地名，在今山西翼城东南。㉕莫之哀也：没有谁可怜他。㉖能其德矣：能够行他的德行了。㉗吊：忧虑。㉘稽首：顿首，把头叩到地上。㉙起：韩宣子自称。㉚专承：独自承受。㉛桓叔：韩宣子的祖先。㉜嘉：赞美，此处作感激。

名家点评

不先说所以贺之之意，直举栾、郤作一榜样，以见贫之可贺与不贫之可忧。贫之可贺，全在有德，有德自不忧贫；后竟说出，忧贫之可吊来，可见徒贫之不足贺也。言下，宣子自应汗流浃背。

——［清］吴楚材、吴调侯《古文观止》

苏秦说秦王书十上而说不行

［西汉］刘向

作品导读

“连横”“合纵”是战国策士的代名词。在战乱年代，一大批兼及智勇的纵横家应运而生，他们在一定程度上对中国历史的发展起到了举足轻重的作用，而苏秦就是其中一位。

关于苏秦，你知道多少？

儿时长辈激励我们学习的故事——“锥刺股”即源于苏秦，而大家耳熟能详的词语“匍匐而行”也和苏秦相关，苏秦到底是一位怎样的人物？

司马迁在《苏秦列传》中感慨道：“夫苏秦起于闾阎，连六国从亲，此其智有过人者”“游说诸侯以显名，其术长于权变”。而“连六国”是苏秦说秦失败后“权变”所举，它的矛头直指当时的强秦。从“说秦”到“取秦”，中间发生了什么故事呢？

关于作者

刘向（约前77—前6），字子政，西汉经学家、目录学家、文学家，代表作品有《说苑》《列女传》《战国策》等。

《战国策》上自春秋，下迄秦并六国，主要记载了谋臣策士游说诸侯或进行论辩的政治主张和斗争策略，其文章瑰丽恣肆、文采斐然，体现了战国后期风云变幻的时代特征。本文选自《秦策一》。

说秦王书十上而说不行[①]，黑貂之裘弊，黄金百斤尽，资用乏绝，去秦而归。羸縢履蹻[②]，负书担橐[③]，形容枯槁，面目黧黑[④]，状有归色[⑤]。归至家，妻不下纴[⑥]，嫂不为炊，父母不与言。苏秦喟叹曰："妻不以我为夫，嫂不以我为叔，父母不以我为子，是皆秦之罪也！"乃夜发书，陈箧数十，得太公阴符之谋[⑦]，伏而诵之，简练以为揣摩[⑧]。读书欲睡，引锥自刺其股，血流至足。曰："安有说人主不能出其金玉锦绣、取卿相之尊者乎？"期年[⑨]揣摩成，曰："此真可以说当世之君矣！"

于是乃摩燕乌集阙[⑩]，见说赵王于华屋之下，抵掌而谈[⑪]。赵王大说，封为武安君[⑫]。受相印，革车百乘[⑬]，锦绣千纯[⑭]，白璧百双，黄金万溢[⑮]，以随其后，约从散横，以抑强秦。故苏秦相于赵而关不通[⑯]。

①"说秦王"句：苏秦用连横之说游说秦惠王而不被采纳。②羸（léi）縢（téng）履蹻（jué）：缠着绑腿，穿着草鞋。羸，缠绕。縢，绑腿。蹻，草鞋。③橐（tuó）：一种口袋。④黧：黑色。⑤归：通"愧"，惭愧。⑥纴：纺织。⑦太公阴符：传说姜太公著有兵法《阴符经》。⑧简练：精心研磨，熟练掌握。⑨期（jī）年：一周年，第二年。⑩摩：接近。燕乌集：阙名。⑪抵掌而谈：指谈话从容随便。抵掌，击掌。⑫武安：地名，在今河北武安西南。⑬革车：兵车。⑭纯：丝棉布帛一段为纯。⑮溢：通"镒"，古重量单位，一镒为二十两。⑯关不通：指秦不敢窥视函谷关。

当此之时，天下之大，万民之众，王侯之威，谋臣之权，皆欲决苏秦之策。不费斗粮，未烦一兵，未战一士，未绝一弦，未折一矢，诸侯相亲，贤于兄弟。夫贤人在而天下服，一人用而天下从，故曰：式于政不式于勇[①]；式于廊庙之内[②]，不式于四境之外。当秦之隆，黄金万溢为用，转毂连骑，炫熿于道[③]，山东之国[④]从风而服，使赵大重。且夫苏秦，特穷巷掘门桑户棬枢之士耳[⑤]，伏轼撙衔[⑥]，横历天下，廷说诸侯之王，杜左右之口，天下莫之能伉[⑦]。

将说楚王，路过洛阳，父母闻之，清宫除道[⑧]，张乐设饮[⑨]，郊迎三十里。妻侧目而视，倾耳而听。嫂蛇行匍伏[⑩]，四拜自跪而谢。苏秦曰："嫂何前倨而后卑也[⑪]？"嫂曰："以季子之位尊而多金。"苏秦曰："嗟乎，贫穷则父母不子，富贵则亲戚畏惧。人生世上，势位富贵，盖[⑫]可忽乎哉？"

①式：用。②廊庙：指朝廷。③炫熿（huáng）：光耀。④山东之国：指崤山以东的六国。⑤穷巷掘门桑户棬（quán）枢：形容居处简陋。掘门：凿墙为门。桑户：桑条编的门户。棬枢：以木条为户枢。⑥伏轼撙（zǔn）衔：指乘车驾驭马匹。伏轼：乘车。撙，节制。衔：马勒。⑦伉：通"抗"，抵挡。⑧清宫除道：清扫居室和街道。⑨张乐设饮：奏乐设宴。⑩蛇（shé）行：伏地爬行。蛇：通"蛇"。⑪倨：傲慢。⑫盖：亦作"盍"，何。

名家点评

叙事在议论中，议论在悲感激愤中，悲感激愤又在摹写形容不尽中。

——［明］钟惺《周文归》

前幅写苏秦之困顿，后幅写苏秦之通显。正为后幅写其通显，故前幅先写其困顿。天道之倚伏如此，文章之抑扬亦如此。

——［清］吴楚材、吴调侯《古文观止》

管晏列传

[西汉] 司马迁

作品导读

管仲，春秋时期叱咤风云的人物，相齐桓公。“桓公杀公子纠，不能死之，又相之”，故子贡曾就“管仲非仁者与?”这一问题询问孔子，孔子的回答是：“管仲相桓公，霸诸侯，一匡天下，民到于今受其赐。微管仲，吾其被发左衽矣！岂若匹夫匹妇之为谅也，自经于沟渎而莫之知也！”

晏子，齐国上大夫，历任齐灵公、庄公、景公三代，辅政长达四十余年，以有政治远见、外交才能和作风朴素闻名诸侯。“晏子使楚”的故事让我们深深折服于晏子目光的睿智、言辞的犀利。对于晏子，孔子的评价是：“不以已之是，驳人之非，逊辞以避咎，义也夫！”“救民百姓而不夸，行补三君而不有，晏子果君子也！”

管仲仁，晏子义。何以称“仁”？何以谓“义”？请走进司马迁《史记》的文字，细细咀嚼。

关于作者

司马迁（前145—不可考），字子长，夏阳（今陕西韩城南）人，一说龙门（今山西河津）人，伟大的史学家、文学家、思想家，被后世尊称为史迁、太史公、历史之父。他创作了中国第一部纪传体通史《史记》，是“二十五史”之首，被鲁迅誉为“史家之绝唱，无韵之离骚”。

管仲夷吾者[1]，颍上人也[2]。少时常与鲍叔牙游，鲍叔知其贤。管仲贫困，常欺鲍叔[3]，鲍叔终善遇之，不以为言[4]。已而鲍叔事齐公子小白[5]，管仲事公子纠[6]。及小白立为桓公，公子纠死，管仲囚焉[7]。鲍叔遂进管仲[8]。管仲既用，任政于齐，齐桓公以霸，九合诸侯，一匡天下[9]，管仲之谋也。

管仲曰："吾始困时，尝与鲍叔贾[10]，分财利多自与，鲍叔不以我为贪，知我贫也。吾尝为鲍叔谋事而更穷困[11]，鲍叔不以我为愚，知时有利不利也。吾尝三仕三见逐于君[12]，鲍叔不以我为不肖[13]，知我不遭时也。吾尝三战三走[14]，鲍叔不以我怯，知我有老母也。公子纠败，召忽死之[15]，吾幽囚受辱，鲍叔不以我为无耻，知我不羞小节而耻功名不显于天下也[16]。生我者父母，知我者鲍子也。"

鲍叔既进管仲，以身下之[17]。子孙世禄于齐，有封邑者十余世，常为名大夫。天下不多管仲之贤而多鲍叔能知人也[18]。

①管仲夷吾：管仲，字夷吾，春秋初期齐国政治家。②颍上：地名，今属安徽颍上。③欺：欺负，欺诈，这里是侵占利益的意思。④不以为言：不加以指责。为言：说话，这里是指责、抱怨。⑤齐公子小白：即后来的齐桓公，姓姜，名小白，齐襄公之弟，公元前685—前643年在位。⑥公子纠：齐襄公之弟，齐桓公之兄。齐襄公死，公子纠与公子小白争位，失败被杀。⑦囚：被囚禁。⑧进：举荐，推荐。⑨匡：正。⑩贾：买，这里是做买卖的意思。⑪穷困：处境窘困。⑫见：被。⑬不肖：不贤。⑭走：逃跑。⑮召忽：齐人，与管仲同辅公子纠，纠败被杀，召忽亦随之自杀。⑯羞：用作动词，以……为羞。⑰下：用作动词，居……之下。⑱多：赞美，称颂。

管仲既任政相齐[1]，以区区之齐在海滨[2]，通货积财[3]，富国强兵，与俗同好恶。故其称曰："仓廪实而知礼节，衣食足而知荣辱，上服度则六亲固[4]。四维不张[5]，国乃灭亡。下令如流水之原[6]，令顺民心。"故论卑而易行[7]。俗之所欲，因而予之；俗之所否[8]，因而去之。

其为政也，善因祸而为福，转败而为功。贵轻重[9]，慎权衡[10]。桓公实怒少姬[11]，南袭蔡，管仲因而伐楚，责包茅不入贡于周室[12]。桓公实北征山戎[13]，而管仲因而令燕修召公之政[14]。于柯之会[15]，桓公欲背曹沫之约[16]，管仲因而信之[17]，诸侯由是归齐。故曰："知与之为取，政之宝也。[18]"

①任政相齐：在齐国任政做相。②区区：很有限，（数量）少。③通货：流通货物。④度：法度。六亲：历来有多种说法，一般认为是指父、母、兄、弟、妻、子。⑤四维：指礼、义、廉、耻。⑥下令如流水之原：这里比喻所下达的政令非常顺应民心，就像流水在原野上自然流淌一样。⑦卑：低下。⑧否：反对。⑨贵轻重：重视价格的高低。⑩慎权衡：谨慎理财。权衡，本指秤砣秤杆，此指理财。⑪少姬：齐桓公夫人，蔡公之女。少姬触怒齐桓公，齐桓公将其遣回蔡国，蔡公将其另嫁他人，桓公怒，兴兵伐蔡。⑫包茅：一种祭祀时用来滤酒的植物，是楚国的贡物。⑬桓公实北征山戎：指公元前663年山戎侵燕，桓公伐山戎救燕之事。山戎，我国古代北方的少数民族。⑭召公：召公姓姬，名奭，周文王庶子，周初有名政治家，燕国始祖。⑮柯：地名，齐与鲁曾会盟于此。⑯曹沫：鲁国勇士，据《史记·刺客列传》记载，齐与鲁战，鲁三战皆败，被迫与齐在柯地会盟，割地与齐，曹沫伺机用匕首挟持齐桓公，迫使齐退还鲁国的土地。⑰管仲因而信之：管仲借此劝齐桓公恪守其与曹沫的约定，使齐桓公赢得了声誉。⑱知与之为取，政之宝也：懂得给予就是获得，这是为政的法宝，语出《管子·牧民》。

管仲富拟于公室[①]，有三归、反坫[②]，齐人不以为侈。管仲卒，齐国遵其政[③]，常强于诸侯。后百余年而有晏子焉。

晏平仲婴者[④]，莱之夷维人也[⑤]。事齐灵公、庄公、景公，以节俭力行重于齐。既相齐，食不重肉[⑥]，妾不衣帛。其在朝，君语及之，即危言[⑦]；语不及之，即危行[⑧]。国有道，即顺命；无道，即衡命[⑨]。以此三世显名于诸侯。

越石父贤[⑩]，在缧绁中[⑪]。晏子出，遭之涂[⑫]，解左骖赎之[⑬]，载归。弗谢，入闺[⑭]。久之，越石父请绝[⑮]。晏子戄然[⑯]，摄衣冠谢曰[⑰]："婴虽不仁，免子于厄[⑱]，何子求绝之速也?"石父曰："不然。吾闻君子诎于不知己而信于知己者[⑲]。方吾在缧绁中，彼不知我也。夫子既已感寤而赎我[⑳]，是知己；知己而无礼，固不如在缧绁之中。"晏子于是延入为上客[㉑]。

①公室：诸侯王室之家。②三归：三归，古代女子出嫁曰归，这里是形容管仲妻妾众多。反坫：古代筑于堂两楹间的土台，专供诸侯饮酒时放置献酒后的空杯，只有诸侯才能用反坫，管仲是大夫，不应享有。③遵：沿。④晏平仲婴：名婴，字仲，谥平。⑤莱：国名，今属山东。夷维：地名，在今山东高密。⑥食不重肉：所食肉菜不到两种。⑦危言：直言。⑧危行：小心谨慎行动。⑨衡命：权衡斟酌命令行事。⑩越石父（fǔ）：齐国的贤人。⑪缧绁（léi xiè）：捆绑囚犯所使用的大绳子，这里指拘押，囚禁。⑫遭：遇见。⑬左骖：三匹马驾车时辕左边的马称为左骖。⑭闺：内室。⑮绝：绝交，这里指离开、告辞。⑯戄（jué）然：惊异的样子。⑰摄衣冠谢：整理衣冠道歉。⑱厄：困境，灾难。⑲诎（qū）：冤枉，枉曲。⑳感寤：了解，明白。㉑延：请。

晏子为齐相，出，其御之妻从门间而窥其夫[①]。其夫为相御，拥大盖[②]，策驷马[③]，意气扬扬，甚自得也。既而归，其妻请去。夫问其故。妻曰："晏子长不满六尺，身相齐国，名显诸侯。今者妾观其出，志念深矣，常有以自下者。今子长八尺，乃为人仆御[④]，然子之意自以为足，妾是以求去也。"其后夫自抑损[⑤]。晏子怪而问之，御以实对。晏子荐以为大夫。

太史公曰：吾读管氏《牧民》《山高》《乘马》《轻重》《九府》[⑥]及《晏子春秋》[⑦]，详哉其言之也。既见其著书，欲观其行事，故次其传[⑧]。至其书，世多有之，是以不论，论其轶事[⑨]。

管仲世所谓贤臣，然孔子小之[⑩]。岂以为周道衰微，桓公既贤，而不勉之至王[⑪]，乃称霸哉？语曰"将顺其美，匡救其恶，故上下能相亲也[⑫]。"岂管仲之谓乎？

①御：赶车，这里用作名词，指赶车的人。②大盖：大伞。③策：鞭打，鞭策。④仆：这里用作状语，像仆人那样。⑤抑损：压抑克制。⑥《牧民》《山高》《乘马》《轻重》《九府》：均是《管子》篇名。⑦《晏子春秋》：记载晏子言行的一部书，分内、外篇，其作者历来多有争论。⑧次：编次，编定。⑨轶事：散失的不见于正式记载的事情。⑩小：轻视，看不起。⑪王：王道。春秋战国时有王、霸之争，前者指以德义仁政取天下，后者指以武力征伐取天下。儒家尚王贬霸，故孔子轻视管仲，认为他不能使桓公成为帝王。⑫将顺其美，匡救其恶，故上下能相亲也：这句话出自《孝经·事君》，意思是顺行君主的善道，补救其过错，所以君臣相处才能和睦融洽。

方晏子伏庄公尸哭之，成礼然后去[①]，岂所谓“见义不为无勇”者邪[②]？至其谏说，犯君之颜，此所谓“进思尽忠，退思补过”者哉[③]！假令晏子而在，余虽为之执鞭，所忻慕焉[④]。

①方晏子伏庄公尸哭之，成礼然后去：齐大夫崔杼杀了齐庄公，晏婴伏庄公尸哭，尽君臣之礼，然后离去。②见义不为无勇：见义不为不能叫作勇，语出《论语·为政》。此谓晏婴能不畏权威而哭其君为见义勇为。③进思尽忠，退思补过：这句话也出自《孝经·事君》，意思是在朝堂上想着竭忠事君，退朝在家也想着纠正（君主的）过失。④忻（xīn）慕：渴慕，向往。忻：高兴、喜悦。

名家点评

通篇无一实笔，纯以清空一气运转。

——傅德岷、赖云琪等《古文观止名篇赏析》引王文濡语

《管晏列传》以逸胜。惊天事业，只以轻描淡写之笔出之，如神龙，然露一鳞一爪，而全神皆见，岂非绝大本领！传赞“是以不论，论其轶事”二句，是全篇用意。

——李景星《四史评议·史记评议》

《管晏列传》近似文学作品，实涵哲学大义，为中国一历史家，又岂止于往事而已。

——钱　穆《现代中国学术论衡》

诫兄子严、敦书

［东汉］马　援

作品导读

佛家有言，“妄议他人长短，最是折福”。面对侄子马严、马敦“好议论人长短，妄是非正法”的弊病，马援于千里之外泼墨寄家书，谆谆告诫侄子他们的行为是“吾所大恶也”，并说“宁死不愿闻子孙有此行也”，恳切嘱托他们效仿“刻鹄不成尚类鹜”之行，而规避“画虎不成反类狗”之姿。

“汝曹”称谓拉近了与晚辈之间的距离，“也”“矣”“耳”等语气词又饱含怎样的款款真情，而马援诫子的见识，又是多少人生阅历沉淀出的厚重智慧啊！

马援语重心长的戒语，是诫子侄，也是诫己，更是诫你我。

关于作者

马援（前14—49年），字文渊，扶风茂陵（今陕西省兴平市）人，著名军事家，东汉开国功臣之一。

吾欲汝曹闻人过失[①]，如闻父母之名[②]，耳可得闻，口不可得言也。好议论人长短，妄是非正法[③]，此吾所大恶也[④]，宁死不愿闻子孙有此行也。汝曹知吾恶之甚矣，所以复言者，施衿结缡[⑤]，申父母之戒，欲使汝曹不忘之耳！

龙伯高敦厚周慎[⑥]，口无择言[⑦]，谦约节俭，廉公有威[⑧]，吾爱之重之，愿汝曹效之。杜季良豪侠好义[⑨]，忧人之忧，乐人之乐，清浊无所失[⑩]；父丧致客[⑪]，数郡毕至[⑫]，吾爱之重之，不愿汝曹效也。效伯高不得，犹为谨敕之士[⑬]，所谓“刻鹄不成尚类鹜”者也[⑭]。效季良不得，陷为天下轻薄子[⑮]，所谓“画虎不成反类狗”者也。讫今季良尚未可知，郡将下车辄切齿[⑯]，州郡以为言[⑰]，吾常为寒心，是以不愿子孙效也。

①汝曹：你们。曹，辈。②闻父母之名：古时一般避父母之名讳，以示敬重。③是非正法：评论、褒贬正当的条规制度。④大恶：特别厌恶。⑤施衿（jīn）结缡（lí）：古制，女子出嫁，母亲为之整襟系佩。衿：衣襟。缡：古代女子系在身前的佩巾。⑥龙伯高：龙述，字伯高，京兆人。汉光武帝时为山都长，后为零陵太守。⑦口无择言：所言皆善，无须选择。⑧廉公：清廉公正。⑨杜季良：杜保，字季良，光武帝时任越骑校尉，豪侠仗义，后被仇人上书攻击而免官。⑩清浊无所失：指举动适宜。⑪致：招，使……来。⑫数郡毕至：很多郡的宾客都来了。⑬谨敕：谨慎稳重。⑭刻鹄（hú）不成尚类鹜（wù）：天鹅虽然雕刻得不像，却还像鸭子。鹄：天鹅。鹜：鸭子。⑮陷：堕落，沦落。⑯郡将下车辄切齿：下车，官员初上任。切齿，形容十分憎恨。⑰州郡以为言：州里郡里都在谈论他。

名家点评

马援先生举了当时候的官员，来劝勉他的侄子效法他们，或者以当时候的人来警惕自己。其实古人很会教育，他先把道理讲明白了，还直接举历史人物或者当下的人，让他能很直接地、很能感受地，去理解这个道理。

——蔡礼旭

归田赋

[东汉] 张衡

作品导读

“天下有道则见，无道则隐”（《论语·泰伯》），当天下无道时古代文人会退隐归田，洁身自好。自东汉安、顺以后，外戚宦官当权，朝政日非，汉顺帝有段时间曾用张衡为侍中，讽议左右，然阉党恐被弹劾，时常谗毁张衡。永和初，张衡被罢黜为河间相。永和三年（138），张衡上书乞骸骨，本文即作于此时。

仲春时节，天朗气清，极目望去，原野上下，笼罩在春之形、春之色、春之声里。徜徉其中，恍若漫步云端，怎不娱情，怎不惬意？

目览原隰郁茂，耳闻鸧鹒哀鸣，陶醉在耳目享受之余，不忘仰飞纤缴、俯钓长流，俯仰之间，情趣流溢。

沐浴自然的怜爱，尽享仲春之天籁，如何不忘归？此时此刻，俗世的浊流怎能侵染内心与自然相容的清泉？将一己之身托付给清新的天地，保有一颗清澈的心，自此，只愿弹五弦之妙指，咏周孔之图书，挥翰墨以奋藻，陈三皇之轨模，去世以抱自然，常乐无穷已。

关于作者

张衡（78—139），字平子，南阳西鄂（今河南南阳市）人，与司马相如、扬雄、班固并称汉赋四大家，也是东汉时期伟大的天文学家、数学家、发明家、地理学家、文学家。后人辑有《张河间集》。

游都邑以永久[①]，无明略以佐时[②]。徒临川以羡鱼[③]，俟河清乎未期[④]。感蔡子之慷慨[⑤]，从唐生以决疑[⑥]。谅天道之微昧[⑦]，追渔父以同嬉。超埃尘以遐逝，与世事乎长辞。

于是仲春令月[⑧]，时和气清，原隰郁茂[⑨]，百草滋荣。王雎鼓翼[⑩]，鸧鹒哀鸣[⑪]。交颈颉颃[⑫]，关关嘤嘤[⑬]。于焉逍遥，聊以娱情。尔乃龙吟方泽，虎啸山丘[⑭]。仰飞纤缴[⑮]，俯钓长流。触矢而毙，贪饵吞钩。落云间之逸禽，悬渊沉之魦鰡[⑯]。于时曜灵俄景[⑰]，系以望舒[⑱]。极般游之至乐[⑲]，虽日夕而忘劬[⑳]。感老氏之遗诫[㉑]，将回驾乎蓬庐。弹五弦之妙指，咏周孔之图书[㉒]。挥翰墨以奋藻，陈三皇之轨模[㉓]。苟纵心于物外[㉔]，安知荣辱之所如[㉕]。

①游都邑以永久：在京都做官时间已长久。永：长。久：滞。②无明略以佐时：没有高明的谋略去辅佐君王。③临川以羡鱼：在河边称羡鱼肥肉美。语见《淮南子》："临河而羡鱼，不若归家织网。"④河清：黄河之水变清。古人以为，黄河水清预示着政治清明，太平盛世到来。⑤蔡子：蔡泽，战国燕人。⑥从唐生以决疑：蔡泽游说久不遇，请唐举看相，唐举说他只剩四十三年寿命。蔡泽以为只要发奋就可有四十几年富贵。于是入秦说昭王，得为客卿，遂代范雎为秦相。⑦微昧：幽隐。⑧仲春令月：仲春，春季的第二个月，即农历二月。令月：好的月份。⑨原隰（xí）：低湿的地方。⑩雎：雎鸠，一种水鸟名。⑪鸧鹒（cāng gēng）：黄鹂，也作仓庚。⑫颉颃（xié háng）：鸟上下飞。⑬关关嘤嘤：鸟叫声。关关，语出《诗经·关雎》"关关雎鸠，在河之洲。"嘤嘤，语出《诗经·伐木》"伐木丁丁，鸟鸣嘤嘤。"⑭尔乃龙吟方泽，虎啸山丘：言己在湖畔从容吟啸，类乎龙虎。⑮仰飞纤缴（zhuó）：向云间射箭。缴：系在箭上的丝绳，射鸟用。⑯魦，古同"鲨"。鰡：古代一

种小鱼。⑰曜灵：太阳。俄：斜。景：同“影”。⑱望舒：神话中给月亮驾车的人。⑲极般（pán）游之至乐：嬉戏游玩已经极乐。⑳劬（qú）：劳累，劳苦。㉑老氏：指老子。老子认为：驰骋田猎，令人心发狂。㉒周孔：周，指周公。孔：指孔子。㉓陈三皇之轨模：述说古代圣王的教范。三皇：指伏羲、燧人、神农，古代传说中的帝王。轨模：规范、法度。㉔物外：世外。㉕所如：所往，所归，所在。

名家点评

《归田赋》者，张衡士不得志，欲归于田，因作此赋。

——［唐］李　善《文选注》

张衡赋写得很精美的，只有《归田赋》一篇。……此赋在内容上亦无特别深刻之处，不过有感于世路艰难，欲自外荣辱、隐居著书而已。

——马积高《赋史》

诫子书

[三国] 诸葛亮

作品导读

“羽扇纶巾，谈笑间，樯橹灰飞烟灭”，自古以来，诸葛亮被誉为智慧的化身。《诫子书》是诸葛亮毕生的浓缩，全文寥寥八十余字，却处处流淌着诸葛亮为人、处事、治学的智慧。

“静以修身，俭以养德”，“静”和“俭”是“修身”和“养德”的两个基本元素，“静”关心，“俭”系行，道理易懂，然而，真正做起来却不易。坚持的过程，极易被人所固有的“慆慢”“险躁”俘虏，以至于不能励精，不能治性，最终悲守余生，无以济世。

诸葛亮坚守心中的“静”，厉行生活中的“俭”，克己以留芳，他将其人生的智慧寄托在文字里，让我们读其文、守静俭，在淡泊与宁静中成就自我修行的人生。

关于作者

诸葛亮（181—234），字孔明，号卧龙，徐州琅琊阳都（今山东临沂市沂南县）人，三国时期蜀汉丞相，杰出的政治家、军事家、散文家、书法家、发明家，在世时被封为武乡侯，死后追谥忠武侯。散文代表作有《出师表》《诫子书》等。

夫君子之行，静以修身，俭以养德。非淡泊无以明志[1]，非宁静无以致远[2]。夫学须静也，才须学也[3]，非学无以广才[4]，非志无以成学[5]。慆慢则不能励精[6]，险躁则不能冶性[7]。年与时驰[8]，意与日去[9]，遂成枯落[10]，多不接世[11]，悲守穷庐，将复何及[12]！

①淡泊：清静而不贪图功名利禄。明志：表明自己崇高的志向。②宁静：这里指安静，集中精神，不分散精力。致远：实现远大目标。③才：才干。④广才：增长才干。⑤成：达成，成就。⑥慆（tāo）慢：漫不经心。慢：懈怠，懒惰。励精：尽心，专心，奋勉，振奋。⑦险躁：冒险急躁，狭隘浮躁，与上文“宁静”相对而言。冶性：陶冶性情。⑧与：跟随。驰：疾行，这里是增长的意思。⑨日：时间。去：消逝，逝去。⑩枯落：枯枝和落叶，此指像枯叶一样飘零，形容人韶华逝去。⑪多不接世：意思是对社会没有任何贡献。接世：接触社会，承担事务，对社会有益，有“用世”的意思。⑫将复何及：又怎么来得及。

名家点评

有一诸葛，已可使三国照耀后世，一如两汉。

——钱　穆《国史新论》

诸葛亮这一篇短信《诫子书》，是中国儒家教育目标的浓缩。……看诸葛亮这篇《诫子书》，同他做人的风格一样，什么东西都简单明了。这道理用于为政，就是孔子所说的“简”；用以持身，就是本文所说的“俭”。

——南怀瑾

兰亭集序

［东晋］王羲之

作品导读

书法名作《兰亭集序》艳冠群芳，摘取了“天下第一行书”的桂冠。其字如此，其文何如？清人吴楚材、吴调侯选注的《古文观止》评价说：“通篇着眼在‘死生’二字。只为当时士大夫务清谈，鲜实效，一死生而齐彭殇，无经济大略，而触景兴怀，俯仰若有余痛。但逸少旷达人，故虽苍凉感叹之中，自有无穷逸趣。”

关于死生，孔子说“未知生，焉知死”，避而不谈；庄子在其妻死后“鼓盆而歌”，认为“是相春秋冬夏四时行也”。然而，“死生亦大矣”，面对生命消亡，人难免油然而生出苍凉之感。那么，旷达的王羲之在慨叹中又生发出怎样的逸趣呢？

晋穆帝永和九年（353）农历三月初三，“初渡浙江有终焉之志”的王羲之，在会稽山阴的兰亭，与名流高士谢安、孙绰等四十一人举行风雅集会。与会者临流赋诗，各抒怀抱，抄录成集，大家公推此次聚会的召集人、德高望重的王羲之写一序文，记录这次雅集，此即《兰亭集序》。

关于作者

王羲之（303—361，一作321—379），字逸少，号澹斋，原籍琅琊临沂（今属山东临沂），后迁居山阴（今浙江绍兴），因曾任右将军，世称“王右军”“王会稽”。他是东晋的书法家，被后人尊为“书圣”，与儿子王献之合称“二王”。

永和九年[1]，岁在癸丑，暮春之初，会于会稽山阴之兰亭[2]，修禊事也[3]。群贤毕至[4]，少长咸集[5]。此地有崇山峻岭，茂林修竹，又有清流激湍，映带左右[6]。引以为流觞曲水[7]，列坐其次[8]，虽无丝竹管弦之盛[9]，一觞一咏[10]，亦足以畅叙幽情[11]。是日也，天朗气清，惠风和畅[12]，仰观宇宙之大，俯察品类之盛[13]，所以游目骋怀[14]，足以极视听之娱[15]，信可乐也[16]。

①永和：东晋皇帝司马聃（晋穆帝）的年号。②会稽（kuài jī）：郡名，今浙江绍兴。山阴：今绍兴越城区。③修禊（xì）事也：（为了做）禊礼这件事。古代习俗，于阴历三月上旬的巳日（魏以后定为三月三日），人们群聚于水滨嬉戏洗濯，以祓除不祥和求福。实际上这是古人的一种游春活动。④群贤：诸多贤士能人，指谢安等社会名流。⑤少长：如王羲之的儿子王凝之、王徽之是少，谢安、王羲之等是长。咸：都。⑥映带左右：辉映点缀在亭子的周围。映带：映衬、围绕。⑦流觞（shāng）曲（qū）水：用漆制的酒杯盛酒，放入弯曲的水道中任其漂流，杯停在某人面前，某人就引杯饮酒。这是古人一种劝酒取乐的方式。流：使动用法。曲水：引水环曲为渠，以流酒杯。⑧列坐其次：列坐在曲水之旁。列坐：排列而坐。次：旁边，水边。⑨丝竹管弦之盛：演奏音乐的盛况。⑩一觞一咏：喝着酒作着诗。⑪幽情：幽深内藏的感情。⑫惠风：和风。和畅：缓和。⑬品类之盛：万物的繁多。品类：指自然界的万物。⑭所以：用来。骋：使……奔驰。⑮极：穷尽。⑯信：实在。

夫人之相与，俯仰一世[1]，或取诸怀抱[2]，悟言一室之内[3]，或因寄所托，放浪形骸之外[4]；虽趣舍万殊[5]，静躁不同，当其欣于所遇，暂得于己，快然自足，不知老之将至。

及其所之既倦[6]，情随事迁，感慨系之矣[7]！向之所欣[8]，俯仰之间，已为陈迹。犹不能不以之兴怀[9]；况修短随化[10]，终期于尽[11]。古人云："死生亦大矣[12]。"岂不痛哉！每览昔人兴感之由，若合一契[13]，未尝不临文嗟悼[14]，不能喻之于怀[15]。固知一死生为虚诞，齐彭殇为妄作[16]，后之视今，亦犹今之视昔，悲夫！故列叙时人[17]，录其所述[18]。虽世殊事异，所以兴怀，其致一也[19]。后之览者，亦将有感于斯文[20]。

①夫人之相与，俯仰一世：人与人相交往，很快便度过一生。相与，相处、相交往。俯仰：表示时间的短暂。②取诸：取之于，从……中取得。③悟言：面对面的交谈。悟：通"晤"，指心领神会的妙悟之言。④因寄所托，放浪形骸之外：就着自己所爱好的事物，寄托自己的情怀，不受约束，放纵无羁的生活。因：依、随着。所托：所爱好的事物。放浪：放纵、无拘束。形骸：身体、形体。⑤趣（qǔ）舍万殊：各有各的爱好。趣舍：即取舍，爱好。趣：通"取"。万殊：千差万别。⑥所之既倦：（对于）所喜爱或得到的事物已经厌倦。之：往、到达。⑦感慨系之：感慨随着产生。系，附着。⑧向：过去、以前。⑨以之兴怀：因它而引起心中的感触。以：因。之：指"向之所欣……以为陈迹"。兴：发生、引起。⑩修短随化：寿命长短听凭造化。化：自然。⑪期：至，及。⑫死生亦大矣：死生是一件大事啊。语出《庄子·德充符》。⑬契：符契，古代的一种信物。在符契上刻上字，剖而为二，各执一半，作为凭证。⑭临文嗟（jiē）悼：读古人文章时叹息哀伤。⑮喻：明白。⑯固知一死生为虚诞，齐彭殇为妄作：本来知道把死和生等同起来的说法是不真实的，把长寿和短命等同起来的说法是妄造的。固：本来、当然。一：把……看作一样；齐：把……看作相等，都用作动词。虚诞：虚妄荒诞的话。殇：未成年死去的人。妄作：妄造、胡说。一生死，齐彭殇，都是庄子的看法，出自《齐物论》。⑰列叙时人：一个一个记下当时与

会的人。⑱录其所述：录下他们作的诗。⑲其致一也：人们的思想情趣是一样的。⑳斯文：这次集会的诗文。

名家点评

此文一意反复生死之事甚疾，现前好景可念，更不许顺口说有妙理妙语，真古今第一情种也。

——［明末清初］金圣叹《天下才子必读书》

非止序禊事也，序诗意也。修短死生，皆一时诗意所感，故其言如此。笔情绝俗，高出选体。

——［清］浦起龙《古文眉诠》

雅人深致，玩其抑扬之趣。

——［清］李兆洛《骈体文钞》

别赋

［南朝］江淹

作品导读

“悲莫悲兮生别离”（《楚辞》），“黯然销魂者，唯别而已矣”。古往今来，“别”最忧愁。

离别的忧愁，有时似初开的茉莉，散发着淡淡的清香；有时如沏好的香茗，抿一口，滋味或浓或淡；有时像陈年的美酿，古瓶一启，人先是微醉，继而沉睡，醉倒后是挥之不去的和着离愁的酒香。

别虽一绪，事乃万族。不同的人在不同的境遇中对离别的解读是相异的，既有“感寂寞而伤神”，亦有“骨肉悲而心死”，也有“送爱子兮沾罗裙”等。然而，不管分别的心境如何不同，不变的是“有别必怨，有怨必盈”。

关于作者

江淹（444—505），字文通，济阳考城（今河南兰考）人，南朝诗人和辞赋家，历仕宋、齐、梁三代，有《江文通集》传世。

黯然销魂者[①]，唯别而已矣！况秦吴兮绝国[②]，复燕宋兮千里。或春苔兮始生，乍秋风兮暂起。是以行子肠断[③]，百感凄恻。风萧萧而异响，云漫漫而奇色。舟凝滞于水滨，车逶迟于山侧[④]。棹容与而讵前[⑤]，马寒鸣而不息。掩金觞而谁御[⑥]，横玉柱而沾轼。居人愁卧，怳若有亡[⑦]。日下壁而沉彩[⑧]，月上轩而飞光。见红兰之受露，望青楸之罹霜[⑨]。巡层楹而空掩[⑩]，抚锦幕以虚凉。知离梦之踯躅，意别魂之飞扬[⑪]。

故别虽一绪，事乃万族。

①黯然销魂：形容别恨之深。黯然：心神沮丧、容色惨郁的样子。销魂：犹言失魂落魄。②绝国：隔离绝远之域。③行子：远行在外的人。④逶迟：行进缓慢的样子。⑤棹容与而讵前：船迟疑而不前。棹：船桨，这里指船。容与：迟疑不前的样子。讵：岂，表示反问。⑥掩金觞而谁御，横玉柱而沾轼：遮住金杯，谁有心思饮酒；搁置琴瑟，泪水沾湿车前横木。御：进用。玉柱，用玉做的琴瑟一类的弦柱。轼：古代车厢前面用作扶手的横木。⑦怳（huǎng）若有亡：怳然若有所失。怳：失意的样子。⑧沉彩：失掉落日的余晖。⑨楸（qiū）：楸树，落叶乔木，供建筑用木材。⑩巡曾楹而空掩：巡视房屋，空掩起房门。曾：高。楹：厅堂前部的柱子，这里指房屋。⑪飞扬：形容心神不安。

至若龙马银鞍①，朱轩绣轴②。帐饮东都③，送客金谷④。琴羽张兮箫鼓陈⑤，燕赵歌兮伤美人⑥。珠与玉兮艳暮秋，罗与绮兮娇上春⑦。惊驷马之仰秣⑧，耸渊鱼之赤鳞⑨。造分手而衔涕，感寂寞而伤神。

乃有剑客惭恩⑩，少年报士⑪。韩国赵厕⑫，吴宫燕市。割慈忍爱，离邦去里。沥泣共诀⑬，抆血相视⑭。驱征马而不顾，见行尘之时起。方衔感于一剑⑮，非买价于泉里⑯。金石震而色变⑰，骨肉悲而心死⑱。

①龙马：古代称八尺以上的马为龙马。②轴：车轴，这里指车。③帐饮：于郊野张帷设酒食饯行。④金谷：西晋豪门贵族石崇在金谷修建别馆，极其奢华，世称“金谷园”。⑤琴羽张兮：琴中发出羽声。羽声比较慷慨。羽：古代五音之一。⑥燕赵歌兮伤美人：燕赵的美人唱歌以相和。燕赵两国歌女出名，古诗有“燕赵多佳人，美者颜如玉”之句。伤美人：见此别离情况，连唱歌的美人亦为之悲伤不已。⑦上春：初春。⑧仰秣（mò）：本来正在进食的马，因听到美妙的音乐声而仰起头来。秣：饲马。⑨耸渊鱼之赤鳞：此句与上句出于《韩诗外传》“昔伯牙鼓琴而渊鱼出听，瓠巴鼓瑟而六马仰秣”。耸：惊动。鳞：这里指鱼。⑩惭恩：意谓受人之恩，愧而未报。⑪报士：报恩之士。⑫韩国赵厕：指战国时韩国的聂政刺侠累和赵国的豫让刺赵襄子两件事。韩大夫严仲子与韩相侠累有仇，在齐以百金结交刺客聂政，请求帮助报仇。聂政感其知遇之恩，至韩国刺杀了侠累。赵国的豫让为了替智伯报仇，藏在厕所里，欲刺杀赵襄子。⑬沥泣共诀：挥泪诀别。⑭抆（wěn）血：拭血。⑮衔感：衔恩感遇。⑯泉里：黄泉之下。⑰金石震而色变：这里指荆轲与秦武阳见秦王时，秦王使卫士持戟夹陛而立。既而钟鼓并发，武阳大恐，面如死灰色。金石：指钟、磬一类的乐器。⑱骨肉悲而心死：指聂政既刺杀侠累，即自破面决眼剖腹出肠而死。韩陈其尸于市，下令能识其人者与千金。久之，莫能识。其姐悲弟身死而名不扬，即于尸旁宣布聂政姓名，随即自杀。骨肉：指聂政的姐姐。

或乃边郡未和，负羽从军[1]。辽水无极，雁山参云[2]。闺中风暖，陌上草薰[3]。日出天而曜景[4]，露下地而腾文[5]。镜朱尘之照烂[6]，袭青气之烟煴[7]。攀桃李兮不忍别，送爱子兮沾罗裙。

至如一赴绝国[8]，讵相见期[9]。视乔木兮故里，决北梁兮永辞。左右兮魄动，亲宾兮泪滋。可斑荆兮憎恨[10]，惟樽酒兮叙悲。值秋雁兮飞日，当白露兮下时。怨复怨兮远山曲，去复去兮长河湄[11]。

又若君居淄右[12]，妾家河阳[13]。同琼珮之晨照[14]，共金炉之夕香[15]。君结绶兮千里[16]，惜瑶草之徒芳[17]。暂幽闺之琴瑟，晦高台之流黄[18]。春宫闷此青苔色，秋帐含兹明月光；夏簟清兮昼不暮[19]，冬釭凝兮夜何长[20]！织锦曲兮泣已尽[21]，回文诗兮影独伤。

①羽：箭尾上的羽毛，这里代指箭。②雁山参云：雁门山高耸入云。③薰：香。④耀景：发光。⑤腾文：闪着华丽的光彩。⑥照烂：明亮灿烂的样子。⑦烟煴（yūn）：通“氤氲”，云气笼罩的样子。⑧绝国：极为辽远的邦国。⑨讵：何。⑩可斑荆兮赠恨：可以席地而坐以诉离别之苦。斑荆：折荆铺地而坐。赠恨：向对方倾诉离别之苦。⑪湄：水边。⑫淄：淄水，在今山东境内。⑬河阳：黄河北边。⑭琼珮：用美玉做的佩饰。⑮夕香：晚上烧的香。⑯结绶：指做官。绶：系官印的带子。⑰瑶草：香草。妇人用以自喻。⑱流黄：一种精细的丝织品。⑲簟（diàn）：竹席。⑳釭（gāng）凝：灯光凝聚。釭，油灯。凝，光聚集不动的样子。㉑织锦曲兮泣已尽，回文诗兮影独伤：为织锦中的曲流尽了眼泪，持回文诗独自顾影悲伤。

傥有华阴上士[①]，服食还仙[②]。术既妙而犹学，道已寂而未传[③]。守丹灶而不顾[④]，炼金鼎而方坚[⑤]。驾鹤上汉[⑥]，骖鸾腾天[⑦]。暂游万里，少别千年。惟世间兮重别，谢主人兮依然[⑧]。

下有芍药之诗[⑨]，佳人之歌；桑中卫女[⑩]，上宫陈娥[⑪]。春草碧色，春水渌波。送君南浦[⑫]，伤如之何！至乃秋露如珠，秋月如珪[⑬]。明月白露，光阴往来。与子之别，思心徘徊。

①傥：通“倘”。华阴：即华山，在今陕西境内。《列仙传》载，魏人修羊于华阴山下石室中食黄精，后不知所往。上士：指求仙之士。②服食：服食丹药。③道已寂：这里是说道法已达到了非常高超的境界。④守丹灶而不顾：一心守着炼丹灶而不问世事。⑤炼金鼎而方坚：炼丹于金鼎内而意志坚定。金鼎：炼丹的鼎。方坚：意志正坚。⑥汉：天汉，即银河。⑦骖（cān）：乘。⑧依然：依依不舍。⑨芍药之诗：此指爱情之诗。⑩桑中卫女：《诗经·鄘风·桑中》：“期我乎桑中，要我乎上宫，送我乎淇之上矣。”淇为卫地，故称诗中的女子为卫女。⑪陈娥：实际上也是指卫女，取其不与上句的卫女重复而已。⑫南浦：送别之地。⑬珪：上尖下方的玉。

是以别方不定，别理千名。有别必怨，有怨必盈，使人意夺神骇[1]，心折骨惊。虽渊、云之墨妙[2]，严、乐之笔精[3]；金闺之诸彦[4]，兰台之群英[5]；赋有凌云之称[6]，辩有雕龙之声[7]；讵能摹暂离之状，写永诀之情者乎？

①意夺神骇：惊心丧胆。②渊、云：即王褒、扬雄，西汉著名辞赋家。王褒，字子渊；扬雄，字子云。③严、乐：即严安、徐乐，西汉文人。④金闺：指汉代的金马门，汉武帝使学士待诏金马门以备顾问。⑤兰台：东汉中央藏书的地方。设兰台令史，掌典校图籍治理文书。⑥凌云之称：指司马相如。《汉书·司马相如传》说，司马相如奏《大人赋》，武帝大悦，飘飘乎有凌云之气。⑦雕龙：据《史记·孟子荀卿列传》载，驺奭写文章，善于闳辩。所以齐人称颂为“雕龙奭”。

名家点评

“春草碧色，春水渌波，送君南浦，伤如之何！”取诸目前，不雕琢而自工，可谓天然之句。

——［明］杨　慎《升庵诗话》

文通……恨别二赋，音制一变。长短篇章，能写胸臆，即为文字，亦诗骚之意居多。

——［明］张　溥《汉魏六朝百三家集》

（《别赋》）风度似前篇（《恨赋》），更觉飘逸，语亦更婉至。

——［清］孙　梅《文选集评》

春夜宴从弟桃花园序

[唐]李　白

作品导读

浮生若梦，这是大诗人李白对人生的喟叹！为欢几何，这是诗仙对浮生的思考。有了这样的喟叹、思考，便不再困惑于古人的秉烛夜游。

在风景如画的春日里，李白与家中诸弟饮于桃花芳园，在月夜的清辉中，嗅着桃花沁人心脾的芳香，长兄与诸弟雅兴迭起，举杯推盏，吟诗歌赋。在文字的跳动、声音的流淌中，群贤仿佛回到了魏晋，思绪云骞，佳作层出。看，是谁的诗文负了这春夜桃花芳园的美景，被罚金谷酒斗数？

开元二十一年（733），李白与堂弟们在桃花园的春夜宴上饮酒赋诗，并为之作此序文。

夫天地者，万物之逆旅也[1]；光阴者，百代之过客也。而浮生若梦[2]，为欢几何？古人秉烛夜游，良有以也[3]。况阳春召我以烟景，大块假我以文章[4]。会桃花之芳园，序天伦之乐事[5]。群季俊秀，皆为惠连[6]。吾人咏歌，独惭康乐[7]。幽赏未已，高谈转清。开琼筵以坐花，飞羽觞而醉月。不有佳咏，何伸雅怀？如诗不成，罚依金谷酒斗数[8]。

①逆旅：旅舍。逆：迎。古人以生为寄，以死为归，此用其意。②浮生若梦：死生之差异，就好像梦与醒之不同，纷纭变化，不可究诘。③秉烛夜游：谓及时行乐。秉：执，拿着。④大块：指大自然。假：借，这里是提供、赐予的意思。文章：原指错杂的色彩、花纹，此指大自然中各种美好的形象、色彩、声音等。⑤序：通“叙”，叙说。天伦：指父子、兄弟等亲属关系。这里专指兄弟。⑥季：少子为弟，此指弟弟。惠连：谢惠连，南朝诗人，早慧。这里以惠连来称赞诸弟的文才。⑦康乐：南朝刘宋时山水诗人谢灵运，袭封康乐公，世称谢康乐，以写作山水诗著名。⑧金谷酒斗数：金谷，园名，晋石崇于金谷涧（在今河南洛阳西北）中所筑，他常在这里宴请宾客。其《金谷诗序》：“遂各赋诗，以叙中怀，或不能者，罚酒三斗。”后泛指宴会上罚酒三杯的常例。

名家点评

末数语，写一觞一咏之乐，与世俗浪游者迥别。

——［清］吴楚材、吴调侯《古文观止》

山中与裴秀才迪书

[唐]王维

作品导读

江春入旧年，冬衰春动，心儿浸润在和畅的东风中，青青脚下草，忆起曾畅游过、陶醉过无数次的旧居蓝田山。

月的清辉爱怜地笼罩着城内外，天际的明月无疑是今夜不可言美的点缀。在这夜的柔和中登上华子冈，辋水泛起点点涟漪，涟漪里跳跃着月的柔波，这样的月，这样的水，这样的夜，深深陶醉……

沉浸在这样的夜中，许久，方意识到眼下尚是沉眠一冬的春睡眼惺忪的时候，那么，现在，春已打开四季的大门，春之全景在眼前慢慢铺展，敢问天机清妙的你，能与我在这大美的春日里同游吗?

开元二十年（732）前后，王维在辋川隐居，对田园风光、自然山水怀有特殊的情感，写了许多诗赞美那里的生活和景物。在隐居生活中，他经常和野老共话桑麻，同朋友饮酒赋诗，与山僧谈经论道。在这些人中，裴迪是他最好的伴侣。早在移居辋川之前，他们就一同在终南山隐居过，宋之问蓝田别墅后，他们又经常“浮舟往来生，弹琴赋诗，啸咏终日”。《辋川集》就是他二人的唱和诗集，记录了他们的生活和逸兴雅趣。写这封信时，裴迪已回家去温习经书准备应试了，王维深感寂寞，只得独自去游山赏景。

近腊月下，景气和畅，故山殊可过[1]。足下方温经[2]，猥不敢相烦[3]，辄便独往山中[4]，憩感配寺[5]，与山僧饭讫而去[6]。比涉玄灞[7]，清月映郭，夜登华子岗[8]，辋水沦涟[9]，与月上下。寒山远火，明灭林外。深巷寒犬，吠声如豹；村墟夜舂[10]，复与疏钟相间。此时独坐，僮仆静默[11]，多思曩昔[12]，携手赋诗，步仄径[13]，临清流也。

当待春中[14]，草木蔓发，春山可望，轻鲦出水[15]，白鸥矫翼[16]，露湿青皋[17]，麦陇朝雊[18]，斯之不远[19]，傥能从我游乎[20]？非子天机清妙者[21]，岂能以此不急之务相邀[22]！然是中有深趣矣[23]！无忽[24]。因驮黄檗人往[25]，不一[26]。山中人王维白[27]。

①故山殊可过：旧居蓝田山很值得一游。故山：旧居的山，指王维的“辋川别业”所在地的蓝田山。殊：很。过：过访、游览。②足下：您，表示对人的尊称。方温经：正在温习经书。③猥：不敢不合时宜地。烦：打扰。④辄便：就。⑤憩感配寺：在感配寺休息。⑥饭讫（qì）：吃完饭。⑦比涉玄灞：近来渡灞水。涉：渡。玄：黑色，指水深绿发黑。⑧华子岗：王维辋川别业中的一处胜景。⑨辋水：即辋川，在蓝田南。⑩村墟：村庄。夜舂（chōng）：晚上用臼杵捣谷（的声音）。舂：这里指捣米，即把谷物放在石臼里捣去外壳。⑪静默：指已入睡。⑫曩（nǎng）：从前。⑬仄径：狭窄的小路。⑭当待：等到。⑮轻鲦（tiáo）：即白，鱼名。身体狭长，游动轻捷。⑯矫翼：张开翅膀。矫：举。⑰青皋：青草地。皋：水边高地。⑱麦陇：麦田里。朝雊（gòu）：早晨野鸡鸣叫。雊：野鸡鸣叫。⑲斯之不远：这不太远了。斯：代词，这，指春天的景色。⑳傥：通“倘”，假使，如果。㉑天机清妙：性情高远。天机：天性。清妙：指超尘拔俗，与众不同。㉒不急之务：闲事，这里指

游山玩水。㉓是中：这中间。㉔无忽：不可疏忽错过。㉕因驮黄檗（bò）人往：借驮黄檗的人前往之便（带这封信）。因：凭借。黄檗：一种落叶乔木，果实和茎内皮可入药。茎内皮为黄色，也可做染料。㉖不一：古人书信结尾常用的套语，不一一详述之意。㉗山中人：王维晚年信佛，过着半隐的生活，故自称。

名家点评

虽是一封书，而可谓之亦作者以诗人之言、画家之思为之一篇美之写景记游散。

——陈铁民《王维新论》

黄冈新建小竹楼记

[北宋] 王禹偁

作品导读

关于竹，齐有谢朓的“窗前一丛竹，清翠独言奇”，梁有刘孝先的“无人赏高节，徒自抱贞心”，唐有王维的“独坐幽篁里，弹琴复长啸”……青翠的竹子在中国文化心理中是高洁的符号，是琴弦的碧梧枝，是文人雅士的秀树嘉木。

宋代王禹偁亦喜竹，他在产竹的黄冈之地建造了两间小竹楼，据其留下来的文字所言，竹楼上可观山水、听急雨、赏密雪、鼓琴、咏诗、下棋、投壶，极尽人间之享乐；亦可手执书卷，焚香默坐，赏景、饮酒、品茶、送日、迎月，尽得谪居之胜概。

此文清幽潇洒，有人说可与欧阳修《醉翁亭记》同读品味，相信这竹楼中的主人肯定也愿意邀欧阳修这样的文士来此小住几日呢！

关于作者

王禹偁（954—1001），字元之，济州巨野（今属山东）人，文学家，著有《小畜集》。

黄冈之地多竹①，大者如椽②。竹工破之，刳去其节③，用代陶瓦④。比屋皆然⑤，以其价廉而工省也。

子城西北隅⑥，雉堞圮毁⑦，蓁莽荒秽。因作小楼二间，与月波楼通⑧。远吞山光⑨，平挹江濑⑩，幽阒辽敻⑪，不可具状。夏宜急雨，有瀑布声；冬宜密雪，有碎玉声；宜鼓琴，琴调虚畅；宜咏诗，诗韵清绝；宜围棋，子声丁丁然⑫；宜投壶⑬，矢声铮铮然，皆竹楼之所助也⑭。

公退之暇⑮，被鹤氅衣⑯，戴华阳巾⑰，手执《周易》一卷，焚香默坐，消遣世虑。江山之外，第见风帆沙鸟、烟云竹树而已。待其酒力醒，茶烟歇，送夕阳，迎素月，亦谪居之胜概也⑱。

彼齐云、落星⑲，高则高矣，井干、丽谯⑳，华则华矣，止于贮妓女，藏歌舞，非骚人之事，吾所不取。

吾闻竹工云："竹之为瓦仅十稔㉑，若重覆之，得二十稔。"噫！吾以至道乙未岁㉒自翰林出滁上，丙申移广陵㉓，丁酉又入西掖㉔，戊戌岁除日㉕，有齐安之命㉖，己亥闰三月到郡㉗。四年之间，奔走不暇，未知明年又在何处，岂惧竹楼之易朽乎！幸后之人与我同志，嗣而葺之㉘，庶斯楼之不朽也！

咸平二年八月十五日记。

①黄冈：今属湖北。②椽（chuán）：椽子，架在屋顶承受屋瓦的木条。③刳（kū）：削剔，挖空。④陶瓦：用泥烧制的瓦。⑤比屋：挨家挨户。⑥子城：城门外用于防护的半圆形城墙。⑦雉堞圮（pǐ）毁：城上矮墙倒塌毁坏。雉堞：城上的矮墙。圮毁：倒塌毁坏。⑧月波楼：

黄州的一座城楼。⑨吞：容纳。⑩濑：沙滩上的流水。⑪幽阒（qù）辽敻（xiòng）：幽静辽阔。幽阒，清幽静寂。敻：远、辽阔。⑫丁丁（zhēng）：形容棋子敲击棋盘时发出的清脆悠远之声。⑬投壶：古人宴饮时的一种游戏。以矢投壶中，投中次数多者为胜。胜者斟酒使败者饮。⑭助：助成，得力于。⑮公退：办完公事，退下休息。⑯鹤氅（chǎng）衣：用鸟羽制的披风。⑰华阳巾：道士所戴的头巾。⑱胜概：佳事，美景。⑲齐云、落星：均为古代名楼。⑳井干、丽谯：亦为古代名楼。㉑稔（rěn）：谷子一熟叫作一稔，引申指一年。㉒至道乙未岁自翰林出滁上：宋太宗至道元年（995），作者因讪谤朝廷罪由翰林学士贬至滁州。㉓广陵：即现在的扬州。㉔又入西掖：指回京复任刑部郎中知制诰。西掖，中书省。㉕戊戌：宋真宗咸平元年（998）。岁除日：新旧岁之交，即除夕。㉖齐安：黄州。㉗己亥：咸平二年。㉘嗣而葺之：继我之意而常常修缮它。嗣：接续、继承。葺：修整。

名家点评

禹偁词学敏赡，遇事敢言，喜臧否人物，以直躬行道为己任。

——《宋史》

王禹偁文简雅古淡，由上三朝未有及者，而不甚为学者所称，盖无师友议论故也。

——［南宋］叶　适《习学记言序目》

祭石曼卿文①

[北宋] 欧阳修

作品导读

在治平四年（1067）七月的一天，即欧阳修的挚友石曼卿去世26年后，忆亡友旧事，感亡友英灵，欧阳修写下了这篇名垂千古的祭文。

一句“吾不见子久矣，犹能仿佛子之平生”，饱含了多少对过往的留恋与对友人的不舍。睹物思人，看着友人坟茔上的千尺古松、九茎灵芝，不自觉想到一生轩昂磊落的友人当化为金玉之精。

然而，遐思再美，也抵不过眼前的“荒烟野蔓”，“惊禽与骇兽的悲鸣、咿嘤”牵动了一颗凄凉的心，再想到千秋万年，一句“安知其不穴藏孤貉与鼯鼪”，又抒发了多少悲戚与无奈之情！

维治平四年七月日[2]，具官欧阳修[3]，谨遣尚书都省令史李敭[4]，至于太清[5]，以清酌庶羞之奠[6]，致祭于亡友曼卿之墓下，而吊之以文。曰：

呜呼曼卿！生而为英，死而为灵。其同乎万物生死，而复归于无物者，暂聚之形[7]；不与万物共尽，而卓然其不朽者，后世之名。此自古圣贤，莫不皆然，而著在简册者[8]，昭如日星。

呜呼曼卿！吾不见子久矣，犹能仿佛子之平生[9]。其轩昂磊落[10]，突兀峥嵘，而埋藏于地下者[11]，意其不化为朽壤，而为金玉之精。不然，生长松之千尺，产灵芝而九茎[12]。奈何荒烟野蔓，荆棘纵横；风凄露下，走燐飞萤[13]。但见牧童樵叟，歌吟而上下[14]，与夫惊禽骇兽，悲鸣踯躅而咿嘤[15]。今固如此，更千秋而万岁兮，安知其不穴藏狐貉与鼯鼪[16]？此自古圣贤亦皆然兮，独不见夫累累乎旷野与荒城！

呜呼曼卿！盛衰之理[17]，吾固知其如此，而感念畴昔[18]，悲凉凄怆，不觉临风而陨涕者，有愧乎太上之忘情[19]。尚飨[20]！

①石曼卿（994—1041），名延年，北宋河南宋城（今河南商丘）人，曾历任太常寺太祝、大理寺丞、太子中允等。他为人作诗，豪放跌宕；非常关心边事，对契丹和西夏之患曾提出谏言。②维：发语词。③具官：唐宋以来，官吏在奏疏、函牍及其他应酬文字中，常把应写明的官职爵位，写作具官，表示谦敬。欧阳修写作此文时官衔是观文殿学士刑部尚书亳州军州事。④尚书都省：即尚书省，管理全国行政的官署。令史：管理文书工作的官。李敭（yáng）：其人不详。⑤太清：地名，

在今河南商丘东南，是石曼卿葬地。⑥清酌庶羞：清酌，祭奠时所用之酒。庶：各种。羞：通“馐”，食品，这指祭品。⑦暂聚之形：指肉体生命。⑧简册：指史籍。⑨仿佛：依稀想见。⑩轩昂磊落：形容石曼卿的不凡气度和高尚人格。⑪突兀峥嵘（zhēng róng）：高迈挺拔，比喻石曼卿的特出才具。⑫产灵芝而九茎：灵芝，一种菌类药用植物，古人认为是仙草，九茎一聚者更被当作珍贵祥瑞之物。⑬燐（lín）：即磷，一种非金属元素。⑭上下：来回走动。⑮悲鸣踯躅（zhí zhú）而咿嘤（yī yīng）：这里指野兽来回徘徊，禽鸟悲鸣惊叫。⑯狐貉（mò）：兽名，形似狐狸。鼯（wú）：鼠的一种，亦称飞鼠。鼪（shēng）：黄鼠狼。⑰盛衰：此指生死。⑱畴昔：往昔，从前。⑲有愧乎太上之忘情：意思是说自己不能像圣人那样忘情。忘情：超脱了人世一切情感。⑳尚飨（xiǎng）：祭文套语，表示希望死者鬼神来享用祭品之意。尚：这里是希望的意思。

名家点评

胸中自有透顶解脱，意中却是透骨相思，于是一笔已自透顶写出去，不觉一笔又自透骨写入来。不知者乃惊其文字一何跌宕，不知非跌宕也。

——［明末清初］金圣叹《天下才子必读书》

篇中三提曼卿，一叹其声名卓然不朽，一悲其坟墓满目凄凉，一叙己交情伤感不置。文亦轩昂磊落，突兀峥嵘之甚。

——［清］吴楚材、吴调侯《古文观止》

虎丘记①

［明］袁宏道

作品导读

“恋躯惜命，何用游山?”无意仕途的袁宏道访师求学，游历山川，写下游记数篇，《虎丘记》即是其代表作品之一。此文独出心裁，记游审美不在临泉岩壑，而在游人旅客，以及他们纵游虎丘的情景。

鸟瞰一下中秋虎丘“无得而状”的游人盛况吧！袁宏道纵横交织地铺衍勾画，既有浓重的俗世情味，又在声色交错的渲染中，呈现出一幅云霞蒸蔚般的郊游图。

别开生面的当是一个“唱”字，布席之初——唱者千百，未几——数十人，已而——三四辈，比至——一夫。从不可辨识至音若细发，却响彻云际，境界情思渐移渐深，带来审美趣味的登堂入室。

似在情尽意满之时，袁宏道墨笔一抽，轻涂虎丘的自然山水景象，兴之所至，不拘成法，这份洒脱自如正合着“独抒性灵，不拘格套”的主张。

“虎丘之月，不知尚识余言否耶?”作者感喟因何系之，何以对月发问做结，且待我们细细玩味。

关于作者

袁宏道（1568—1610），字中郎，号石公，公安（今湖北公安）人，为文主倡“性灵”，是公安派的领袖人物，与其兄袁宗道、弟袁中道合称“公安三袁”。有《锦帆集》《袁中郎全集》等传世。

虎丘去城可七八里[1]，其山无高岩邃壑，独以近城故，箫鼓楼船[2]，无日无之。凡月之夜，花之晨，雪之夕，游人往来，纷错如织，而中秋为尤胜。

每至是日，倾城阖户[3]，连臂而至。衣冠士女[4]，下迨蔀屋[5]，莫不靓妆丽服，重茵累席[6]，置酒交衢间[7]。从千人石上至山门，栉比如鳞[8]。檀板丘积，樽罍云泻[9]。远而望之，如雁落平沙，霞铺江上，雷辊电霍[10]，无得而状[11]。

布席之初，唱者千百，声若聚蚊，不可辨识。分曹部署[12]，竞以歌喉相斗，雅俗既陈，妍媸自别[13]。未几而摇头顿足者，得数十人而已。已而明月浮空，石光如练[14]，一切瓦釜，寂然停声，属而和者[15]，才三四辈。一箫，一寸管，一人缓板而歌，竹肉相发[16]，清声亮彻，听者魂销。比至夜深，月影横斜，荇藻凌乱，则箫板亦不复用。一夫登场，四座屏息，音若细发，响彻云际，每度一字，几尽一刻，飞鸟为之徘徊，壮士听而下泪矣。

剑泉深不可测，飞岩如削。千顷云得天池诸山作案[17]，峦壑竞秀，最可觞客[18]。但过午则日光射人，不堪久坐耳。文昌阁亦佳，晚树尤可观。面北为平远堂旧址，空旷无际，仅虞山一点在望。堂废已久，余与江进之谋所以复之[19]，欲祠韦苏州、白乐天诸公于其中[20]；而病寻作[21]，余既乞归，恐进之兴亦阑矣[22]。山川兴废，信有时哉！

吏吴两载[23]，登虎丘者六。最后与江进之、方子公同登[24]，迟月生公石上[25]，歌者闻令来，皆避匿去，余因谓进之曰："甚矣，乌纱之横，皂隶之俗哉[26]！他日去官，有不听曲此石上者，如月！"今余幸得解官称吴客矣[27]，虎丘之月，不知尚识余言否耶？

① 万历二十三年（1595）作者曾任吴县令，期间六次游览虎丘；万历二十四年，解职离吴前，因留恋虎丘胜景，写下这篇散文。虎丘：苏州名胜之一，相传春秋时吴王阖闾葬在这里，三日有虎来踞其上，故名。②箫鼓楼船：指游人表演的歌舞及所乘的华丽游艇。③阖（hé）：全。④衣冠：缙绅，士大夫。⑤下迨蔀（bù）屋：下至普通百姓。迨：至。蔀屋：草席覆顶的房屋，代指贫苦人家。⑥茵：坐垫。⑦衢：大道。⑧栉比如鳞：形容排列得很整齐。栉：梳子和篦子的通称。⑨檀板丘积，樽罍（léi）云泻：檀板聚积如山丘，酒樽里的酒如云一般倾泻。檀板：乐器名，檀木制的拍板。樽罍，酒器。⑩雷辊（gǔn）电霍：形容电闪雷鸣。辊：形容转动很快，像车轮一样。⑪状：描述……的形状。⑫曹：班，类。⑬妍媸（chī）：美丑。⑭练：白色的熟绢。⑮属（zhǔ）：连接，跟着。⑯竹肉相发：管乐和人的歌喉相互映发。竹：这里指竹制乐器所奏的音乐。肉：指人的歌喉。⑰案：几案。⑱觞：劝酒，进酒。⑲江进之：袁宏道的友人，名盈科，字进之，号绿萝山人，公安派的成员之一。复：恢复。⑳祠韦苏州、白乐天诸公：祭祀韦应物和白居易等人。韦应物曾为苏州刺史，白居易字乐天。㉑寻：不久。㉒阑：尽。㉓吏：这里用如动词，为官，做官。㉔方子公：作者的朋友，其人不详。㉕迟月生公石上：在生公石上等待月出。㉖皂隶：官府中的衙役。㉗解官：去官，释官。

名家点评

（袁宏道）发为诗文，俱从灵源中溢出，别开手眼，了不与世匠相似。

——［明］袁中道《珂雪斋集》

大端机自己出，思从底抽，摭景眼前，运精象外，取而读之，言言字字，无不欲飞，真令人手舞足蹈而不觉者。

——［明］江盈科《锦帆集序》

中郎所叙佳山水，并其喜怒动静之性，无不描画如生。譬之写照，他人貌皮肤，君貌神情。

——［明］江盈科《解脱集序二》

浣花溪记

[明] 钟惺

作品导读

浣花溪在成都西南，景色秀丽。唐代诗人杜甫流寓成都时，曾在浣花溪畔的草堂中住了四年。作为城郊名胜，其风光隽秀多姿且不多说，重要的是这里曾是千古诗圣结庐而居的住所，是绝妙诗文写就的地方，是杜甫在穷愁奔走中安顿一腔真情的异乡家园。于是，这样的记游就有了追寻，有了心下自知的呼应。

“是日清晨，偶然独往”，想来钟惺是紧随着诗圣的足迹吧，有多少晨曦或日暮时分，杜甫也曾这样在迂曲的溪畔徐行，在古朴的桥头驻足，想这一路流离之苦，想怎么也搁置不下的家国忧思，想困顿境遇里山水草木和施以援手之人的慰藉。浣花溪就是在那时默默应和着诗人万千思绪吟咏而出的诗句吧。所以，钟惺记浣花溪的文字必该清秀如水，苍然若竹，对先贤的追念也是幽深隽永，静中悄言。唯其虔敬，也才是抒写自己的性灵。

关于作者

钟惺（1574—1624），字伯敬，号退谷、止公居士，湖广竟陵（今湖北天门）人。文学家，与谭元春共选《唐诗归》和《古诗归》，名扬一时，形成“竟陵派”，世称“钟谭”。

出成都南门，左为万里桥[1]，西折，纤秀长曲，所见如连环，如玦[2]，如带，如规，如钩；色如鉴，如琅玕[3]，如绿沉瓜[4]，窈然深碧[5]，潆回城下者[6]，皆浣花溪委也[7]。然必至草堂，而后浣花有专名，则以少陵浣花居在焉耳。

行三四里为青羊宫[8]，溪时远时近，竹柏苍然，隔岸阴森者尽溪，平望如荠，水木清华，神肤洞达[9]。自宫以西，流汇而桥者三[10]，相距各不半里。舁夫云通灌县[11]，或所云"江从灌口来"是也[12]。

人家住溪左，则溪蔽不时见，稍断，则复见溪，如是者数处，缚柴编竹[13]，颇有次第。桥尽，一亭树道左，署曰"缘江路"。过此则武侯祠。祠前跨溪为板桥一，覆以水槛，乃睹"浣花溪"题榜[14]。过桥，一小洲横斜插水间，如梭，溪周之，非桥不通，置亭其上，题曰"百花潭水"。由此亭还，度桥，过梵安寺[15]，始为杜工部祠。像颇清古，不必求肖，想当尔尔[16]，石刻像一，附以本传，何仁仲别驾署华阳时所为也[17]。碑皆不堪读。

钟子曰：杜老二居，浣花清远，东屯险奥[18]，各不相袭。严公不死[19]，浣溪可老，患难之于朋友大矣哉！然天遣此翁增夔门一段奇耳[20]。穷愁奔走，犹能择胜，胸中暇整[21]，可以应世，如孔子微服主司城贞子时也[22]。

时万历辛亥十月十七日[23]，出城欲雨，顷之霁。使客游者，多由监司郡邑招饮[24]，冠盖稠浊，磬折喧溢[25]，迫暮趣归[26]。是日清晨，偶然独往。楚人钟惺记[27]。

①万里桥：在成都城南锦江上。②玦（jué）：有缺口的环形玉器。③琅玕：本指似珠玉的美石，后常指青玉。④绿沉瓜：一种深绿色的瓜，史载梁武帝西苑食绿沉瓜。绿沉，在深底色上显示的浓绿色。⑤窈然：幽深的样子。⑥潆（yíng）回：水回旋的样子。⑦委：水流聚的地方。⑧青羊宫：成都西隅著名的道观。⑨水木清华，神肤洞达：水光树色清幽美丽，使人感到神清气爽。⑩流汇而桥者三：所流经的桥有三座。⑪舁（yú）夫云通灌县：轿夫说通向灌县。舁夫：轿夫。灌县：今四川都江堰。⑫江：指岷江，为长江的支流。⑬缚柴编竹：（溪边的人家）编缚柴竹做门户篱笆。⑭榜：匾额。⑮梵安寺：又名草堂寺、浣花寺。草堂建成前，僧人复空曾召留杜甫寓居寺内。⑯想当尔尔：凭主观想象，认为如此。⑰何仁仲别驾署华阳时所为也：通判何仁仲在代理华阳县令时所做的。别驾，通判（州府副长官）的别称。署：代理官职。⑱东屯：在夔州（今重庆奉节）城东，因汉末公孙述在此屯田，故名东屯。唐代宗大历元年（766），杜甫移居夔州，次年秋曾迁居东屯。⑲严公：指严武。严武任剑南节度使和成都尹时，曾照顾过杜甫。严武死后，杜甫无所依靠，于是离开成都东下。⑳夔门：瞿塘峡口两岸峭壁如削，长江从中间夺路而出，险要为川东门户，世称夔门。这里代称夔州。㉑暇整：整暇，严整而从容的样子。㉒司城贞子：司城，掌土木建筑的官名。贞子：春秋时陈国大夫。鲁哀公三年（前492），孔子在宋国演礼，宋国司马桓魋要害他，孔子先后逃亡到郑国和陈国，在陈国时就住在司城贞子家中。㉓万历辛亥：万历三十九年（1611）。㉔监司：这里指按察使。有代按察使主管一省司法，有监察州县属吏之职，因又称监司。㉕磬折：身形屈折如磬，这里指热衷于官场的人。磬，一种曲尺形的打击乐器。㉖趣：通“趋”，快步走。㉗楚人：竟陵在古代是楚国地方，所以钟惺自称楚人。

名家点评

试就其集论之：疏爽气多，浑穆气少；隽永味多，醇酿味少；秀颖句多，古拙句少……爰及诗集，无源袭唐，无一语不甲唐。罗其象体，不狃一家；融会诸长，独成一是。三湖七泽，洪洞中不乏澹远之致；九碍三峡，瑰奥中仅饶森秀之观。为灵为厚，恐无以加。一披阅未有不破愁作观，起醉成醒，斗酒为尽，唾壶残缺也！

——［明］陆云龙《钟伯敬先生合集序》

（钟惺）另立深幽孤峭之宗，以驱驾古人之上。而同里有谭生元春，为之应和，海内称诗者靡然从之，谓之钟谭体。……其所谓深幽孤峭者，如木客之清吟，如幽独君之冥语，如梦而入鼠穴，如幻而之鬼国……

——［清］钱谦益《列朝诗集小传·钟提学惺》

西湖七月半

［明］张岱

作品导读

“张岱晚年耽于梦。鸡鸣枕上，夜气方回，因想余生平，繁华靡丽，过眼皆空，五十年来，总成一梦，遂有《陶庵梦忆》。”《西湖七月半》就是其中一篇。这一次，依然绘世相。但不是山水风景、工艺书画，也不是茶楼酒肆、说书演戏、斗鸡养鸟、放灯迎神，只让你看一样——游湖之人。

农历七月十五中元节，夜游西湖的众人一一上场，达官贵人、名娃闺秀、名妓闲僧、慵懒之徒，各以自己的方式赴此夜月的盛会，入乎其内的张岱洞察其相，不论断，不感慨，只在玩味中自在描摹。待喧闹散尽，他从俗世中走出，才和众人对月纵饮，高歌笑谈。最绝的该是“东方将白，客方散去”后吧，一轮清辉下，纵舟酣睡于一湖之上的还有哪个“痴”人呢?

有人说，张岱一生是为了凑一场大热闹，所以张岱每次都要挨到热闹散了、繁华尽了。这一夜西湖所记，恐是繁华世界里他一个人的一场梦吧!

关于作者

张岱（1597—1684），又名维城，字宗子，又字石公，号陶庵、天孙，别号蝶庵居士，晚号六休居士，山阴（今浙江绍兴）人，最擅长散文，小品文声誉尤高，有“晚明小品集大成者”之誉，著有《陶庵梦忆》等。

西湖七月半[①]，一无可看，只可看看七月半之人[②]。看七月半之人，以五类看之。其一，楼船箫鼓[③]，峨冠盛筵，灯火优傒[④]，声光相乱，名为看月而实不见月者，看之[⑤]。其一，亦船亦楼，名娃闺秀[⑥]，携及童娈[⑦]，笑啼杂之，环坐露台，左右盼望[⑧]，身在月下而实不看月者，看之。其一，亦船亦声歌，名妓闲僧，浅斟低唱，弱管轻丝[⑨]，竹肉相发[⑩]，亦在月下，亦看月而欲人看其看月者，看之。其一，不舟不车，不衫不帻[⑪]，酒醉饭饱，呼群三五，跻入人丛[⑫]，昭庆、断桥[⑬]，嘄呼嘈杂，装假醉，唱无腔曲[⑭]，月亦看，看月者亦看，不看月者亦看，而实无一看者，看之。其一，小船轻幌[⑮]，净几暖炉，茶铛旋煮[⑯]，素瓷静递，好友佳人，邀月同坐，或匿影树下，或逃嚣里湖，看月而人不见其看月之态，亦不作意看月者[⑰]，看之。

杭人游湖，巳出酉归[⑱]，避月如仇。是夕好名[⑲]，逐队争出，多犒门军酒钱。轿夫擎燎[⑳]，列俟岸上[㉑]。一入舟，速舟子急放断桥[㉒]，赶入胜会。以故二鼓以前[㉓]，人声鼓吹[㉔]，如沸如撼，如魇如呓[㉕]，如聋如哑，大船小船一齐凑岸，一无所见，止见篙击篙，舟触舟，肩摩肩，面看面而已。少刻兴尽，官府席散，皂隶喝道去[㉖]。轿夫叫船上人，怖以关门[㉗]，灯笼火把如列星，一一簇拥而去。岸上人亦逐队赶门，渐稀渐薄，顷刻散尽矣。

吾辈始舣舟近岸[㉘]，断桥石磴始凉[㉙]，席其上，呼客纵饮。此时月如镜新磨，山复整妆，湖复颒面，向之浅斟低唱者出[㉚]，匿影树下者亦出，吾辈往通声气[㉛]，拉与同坐。韵友来[㉜]，名妓至，杯箸安，竹肉发。月色苍凉，东方将白，客方散去。吾辈纵舟[33]，酣睡于十里荷花之中，香气拍人，清梦甚惬。

①七月半：农历七月十五，又称中元节。②“只可看”句：谓只可看那些来看七月半景致的人。③楼船：指考究的有楼的大船。箫鼓：指吹打音乐。④优傒（xī）：优伶和仆役。⑤看之：谓要看这一类人。下四类叙述末尾的“看之”同。⑥娃：美女。闺秀：有才德的女子。⑦童娈（luán）：容貌美好的家僮。⑧盼望：都是看的意思。⑨弱管轻丝：谓轻柔的管弦音乐。⑩竹肉：指管乐和歌喉。⑪“不舟”二句：不坐船，不乘车；不穿长衫，不戴头巾，指放荡随便。帻（zé）：头巾。⑫跻（jī）：通“挤”。⑬昭庆：寺名。断桥：西湖白堤的桥名。⑭无腔曲：没有腔调的歌曲，形容唱得乱七八糟。⑮幌（huàng）：窗幔。⑯铛（chēng）：温茶、酒的器具。旋（xuàn）：随时，随即。⑰作意：故意，做出某种姿态。⑱巳：巳时，约为上午九时至十一时。酉：酉时，约为下午五时至七时。⑲是夕好名：七月十五这天夜晚，人们喜欢这个名目。名：指“中元节”的名目，等于说“名堂”。⑳擎：举。燎（liào）：火把。㉑列俟（sì）：排着队等候。㉒速：催促。放：开船。㉓二鼓：二更，夜里十一点左右。㉔鼓吹：指鼓、钲、箫、笳等打击乐器、管弦乐器奏出的乐曲。㉕魇（yǎn）：梦中惊叫。呓，说梦话。这句指在喧嚷中种种怪声。㉖皂隶：衙门的差役。喝道：官员出行，衙役在前边吆喝开道。㉗怖以关门：用关城门恐吓。㉘舣（yǐ）：通“移”，移动船使船停靠岸边。㉙石磴（dèng）：石头台阶。㉚向之：方才，先前。㉛往通声气：过去打招呼。㉜韵友：风雅的朋友，诗友。㉝纵舟：放开船。

名家点评

点染之妙，凡当要害，在余子宜一二百言者，宗子能数十字辄尽情状。及穷事际，反若有千百言在笔下。

——［明］祁彪佳《义烈传序》

他喜用排比，快时直如大珠小珠落玉盘，目不暇接。张岱爱热闹，文字也热闹，眼观六路，下笔如飞，无黏滞、无间断。小品文字，写慢容易，写快难。快而又磊磊落落、跌宕流转如张岱者，尤难。

——李敬泽《一个世界的热闹，一个人的梦》

少年中国说（节选）

［清］梁启超

作品导读

清朝末年，国运凋敝，生灵涂炭，在民族危亡关头，中国的有识之士进行了一系列救国图存的探索，戊戌变法即是其一。然而，变法仅仅进行了103天，随着“戊戌六君子”的被杀，变法宣布失败。在这样的时局中，幸免于难的变法首领梁启超慷慨激昂地写下了长篇文言散文《少年中国说》。

“造成今日之老大中国者，则中国老朽之冤业也；制出将来之少年中国者，则中国少年之责任也。”他在文中旗帜鲜明地指出中国少年的责任在于“制出将来之少年中国”。为什么梁启超持有此观点？读完选文，疑惑自释。

关于作者

梁启超（1873—1929），字卓如，一字任甫，号任公，又号饮冰室主人，中国近代思想家、政治家、教育家、史学家、文学家，生于广东新会（现广东省江门市新会区），清光绪年间举人，戊戌变法领袖之一、中国近代维新派代表人物，著作合编为《饮冰室合集》。

日本人之称我中国也，一则曰老大帝国，再则曰老大帝国。是语也，盖袭译欧西人之言也[①]。呜呼！我中国其果老大矣乎？梁启超曰：恶[②]，是何言！是何言！吾心目中有一少年中国在。

欲言国之老少，请先言人之老少。老年人常思既往，少年人常思将来。惟思既往也，故生留恋心；惟思将来也，故生希望心。惟留恋也，故保守；惟希望也，故进取。惟保守也，故永旧；惟进取也，故日新。惟思既往也，事事皆其所已经者，故惟知照例；惟思将来也，事事皆其所未经者，故常敢破格。老年人常多忧虑，少年人常好行乐。惟多忧也，故灰心；惟行乐也，故盛气。惟灰心也，故怯懦；惟盛气也，故豪壮。惟怯懦也，故苟且；惟豪壮也，故冒险。惟苟且也，故能灭世界；惟冒险也，故能造世界。老年人常厌事，少年人常喜事。惟厌事也，故常觉一切事无可为者；惟好事也，故常觉一切事无不可为者。老年人如夕照，少年人如朝阳。老年人如瘠牛，少年人如乳虎。此老年与少年性格不同之大略也。梁启超曰：人固有之，国亦宜然。

造成今日之老大中国者，则中国老朽之冤业也；制出将来之少年中国者，则中国少年之责任也。彼老朽者何足道？彼与此世界作别之日不远矣，而我少年乃新来而与世界为缘。使举国之少年而果为少年也，则吾中国为未来之国，其进步未可量也；使举国之少年而亦为老大也，则吾中国为过去之国，其澌亡可翘足而待也。故今日之责任，不在他人，而全在我少年。少年智则国智，少年富则国富，少年强则国强，少年独立则国独立，少年自由则国自由，少年进步则国进步，少年胜于欧洲则国胜于欧洲，少年雄于地球则国雄于地球。红日初升，其道大光③；河出伏流④，一泻汪洋；潜龙腾渊，鳞爪飞扬；乳虎啸谷，百兽震惶；鹰隼试翼⑤，风尘翕张；奇花初胎，矞矞皇皇⑥；干将发硎⑦，有作其芒⑧；天戴其苍，地履其黄⑨；纵有千古，横有八荒⑩；前途似海，来日方长。美哉我少年中国，与天不老；壮哉我中国少年，与国无疆！

①欧西：指欧美西方世界。②恶（wū 乌）：叹词，犹“唉”，含有否定的意思。③其道大光：语出《周易·益》：“自上下下，其道大光。”光：广大，发扬。④伏流：水流地下。《水经注·河水》：“河出昆仑，伏流地中万三千里。”⑤鹰隼（sǔn）：指鹰类猛禽。⑥矞（yù）矞皇皇：《太玄经·交》云“物登明堂，矞矞皇皇”。一般用于书面古语，用以繁荣昌盛、富丽堂皇、色彩艳丽、恢宏大气之意。⑦干将：古剑名，后泛指宝剑。发硎（xíng）：刀刃新磨。硎：磨刀石。⑧有作其芒：发出光芒。⑨“天戴”二句：是说少年中国如苍天之大，如地之广阔。⑩八荒：八方荒远之地。《说苑·辨物》：“八荒之内有四海，四海之内有九州。”

名家点评

这篇演讲写于戊戌变法失败后的1900年，极力歌颂少年的朝气蓬勃，指出封建统治下的中国是“老大帝国”，热切希望出现“少年中国”，字里行间饱含爱国激情，对处于内外交困情况下的中国知识分子，具有较强的感染力。

——兰东辉《中外名家经典作品选》

梁启超是介乎古文和白话文之间的文章大家。其文风感情充沛，酣畅淋漓，妙在有独到的思想、大胆的立论，却又能以极美的语言畅快地表达，堪称近代政治美文的典范。本文形、事、情、理、典，五诀齐用；比喻、对仗、排比、递进，轮番上阵。读其文如观沧海，直觉作者胸中激情如潮，文思如海，奔腾而来。本文几乎通篇都是美言美句。

——梁衡《影响中国历史的十篇政治美文》